KB107615

영원한 평화
Eternal Peace

홍사광 저

아트하우스출판사

홍 사 광(洪思光, Hong Sa Kwang)
경영학박사 / 정치학박사

경 력
동화통신 (특파원)
Yuin University (부총장)
THE HERITAGE FOUNDATION (교환연구원)
중국사범대학교/내몽고민족의과대학교 (교환교수)
요녕중의학원 (객원교수)
UN. IAEWP (세계평화대사)
국무총리정책평가위원회 (정책평가위원)
청와대 안전점검단 (점검위원)
현재: (사)한국사회문화연구원 (원장)
현재: 사단법인 한미친선연합회 (회장)
현재: International Institute of Research (객원연구원)
현재: NORTHWEST SAMAR STATE UNIVERSITY (석좌교수)
현재: Southeast Asia Commonality(SEACOM) Research Foundation (이사)
현재: **DRUG** ENFORCEMENT ADMINISTRATION Survivors Benefit Fund
　　(아시아 상임이사)

수 상
◎ 국민훈장 목련장 ◎ 국무총리상 수상
◎ UN. World Peace Academe 수상
◎ SAKHA 공화국(YAKUTIA) 공로상 수상
◎ 일본문화진흥. 사회문화상 수상
◎ 미국 하와이 주정부의회 2016본 회의장서 공로상 수상
◎ 미국 Donald Trump 대통령 (공로상)

저서 및 논문
◎ 21세기 한국의 비전 ◎ 나라 사랑
◎ 작은 평화를 위하여 ◎ 한국에 있어서 일본의 식민지 정책
◎ 정지선을 지킵시다 ◎ 시민과 함께하는 선진교통문화
◎ 중국 개방정책　　　◎ 중국문화특성을 고려한 성공적 진출전략
◎ 남북이산가족 인권차원의 접근을(외 다수)

영원한 **평화**

Eternal Peace

안녕하십니까?

제가 <작은 평화를 위하여>를 출간한지 어언 15년이라는 세월이 흘렀습니다. 이번에<영원한 평화>를 출간하게 되어서 너무나 감개무량합니다.

코로나(COVID-19)로 많은 어려움을 국민들이 겪었습니다. 그것을 다시 역발상으로 얘기한다면 비대면시대로서, 오히려 내적인 성숙을 위한 독서나 집필하기에 아주 좋은 시기가 아니었나 싶습니다. 그래서 저에게도 좋은 기회가 되었고, 이렇게 <영원한 평화>를 내게 되어 너무나 기쁩니다.

유난히 어려웠던 한 해를 무사히 넘기면서 우리에게 새로운 새해는 더욱더 꿈과 희망을 향해 일취월장할 수 있는 비상의 날개를 달아 주지 않을까 생각하고 있습니다. 그만큼 우리들의 성찰의 시간은 내적인 탐구와 외부로부터 평화의 에너지를 비축하는 시기이기도 합니다.

평화란 어느 누구에게도 공짜로 주어지는 것은 아닙니다. 수 천 년 기나긴 역사를 되돌아봤을 때 평화를 지키기 위해 얼마나 많은 사람들이 희생과 봉사를 했는지 여러분은 잘 알 것입니다.

그러기에 평화란 이론이 아닌 실제인 것입니다. 그래서 실질적으로 우리는 이웃들에게 또는 이웃 국가들에게 쉴 새 없이 평화의 미소를 지어야 하는 것입니다.

그것이 제가 출간하는 <영원한 평화>의 목적이기 때문입니다.

대단히 감사합니다.

2020년 12월

저자 홍 사 광

홍사광 박사는 10년 전에도 <작은 평화>라는 책을 출판하여 우리들에게 '세계의 평화'라는 개념이 얼마나 소중한가를 일깨워 주었습니다.

그 <작은 평화>는 자신의 마음속에서 부터 태동하여 우리의 이웃, 우리의 사회, 또 우리가 사는 나라, 그리고 지구촌 전반에까지 미칠 수 있는 아주 작으면서도 대단히 강력하고 두루 통하는 소프트웨어라 할 수 있습니다.

세계의 모든 나라들이 평화를 지키기 위해서 전쟁무기를 만들고 무서운 핵폭탄까지 비축해놓고 있습니다. 서로가 서로를 불신하고 서로에 대한 예의가 없기 때문에 이렇게 무서운 결과를 낳았습니다. 이제부터라도 홍사광 박사가 말하는 <영원한 평화>의 행진에 우리 모두 동참해야 되겠습니다.

총과 칼을 들지 말고 "영원한 평화"의 책을 들고 우리 모두 진정한 평화를 다시 한 번 낭독합시다. 자신도 모르게 평화가 바로 내 코앞에 왔다는 것을 절실히 깨달을 것입니다. 그런 의미에서 홍사광 박사는 우리 시대가 갈구해온 참다운 평화주의자입니다. 감사합니다.

(전) 서울대학교 부총장 김종서

코로나19 이후에 전 세계 사람들은 어려운 경제 위기에 직면하여 새로운 미래사회의 도전을 위해 다방면으로 노력하고 있다고 하겠습니다.

더욱이 글로벌 시대의 면모를 갖추기 위해서는 발전을 위한 도전과 응전의 자세로 이를 위한 길을 찾아야 하며, 국제적 인재의 육성에도 온 힘을 모아야 할 때라고 하겠습니다.

그런 면에서 그동안 지속적인 평화적 만남과 정보 공유를 끊임없이 해 오신 홍사광 박사의 평화적인 복합 프로그램은 한국은 물론 전 세계 사람들이 주목할 만하다고 하겠습니다.

이러한 바탕 위에서 이번에 출간하는 "영원한 평화"는 우리가 평화적인 대화뿐만 아니라 평화적인 활동을 위한 실천에 꼭 필요한 교과서가 될 것임을 믿어 의심치 않는 바입니다.

그간 남북이산가족교류협의회 상임의장으로 이산가족들의 아픔을 덜어 주고자 많은 역할을 해 오셨을 뿐 아니라, 국제기구에서 적극적인 평화 활동을 하셨던 홍사광 박사께서 현장의 많은 내용을 잘 정리하여 출간함을 진심으로 감사드리며 추천의 글을 드립니다.

(전)남북적십자회담 수석대표/대한적십자사 사무총장 이병웅

ㅣ 추천글 ㅣ

저자 홍사광 박사는 전 세계 공인의 반열에 든 우리나라의 몇 안 되는 자랑스런 인재이며 개인적으로 인품도 매우 훌륭한 분이다.

전 세계 최고 평화기관인 UN IAEWP 세계평화 대사를 역임하면서 유엔 사무총장은 물론 전 세계 주요 인사들과 폭넓은 교류를 해 오신 분이다.

이러한 분이 한국에서 "영원한 평화"란 책을 출간하는 것은 저자의 평화의지와 평화의 필요성에 대한 공감을 불러일으키는 저자의 평화 철학의 단면을 보여 주는 것이라는 점에서 우리 모두가 축하드릴 일이며, 자랑스럽게 생각할 일이다.

글로벌 4차 산업혁명 과정 중에서 꼭 필요한 것이 최고 리더의 관리도 중요하지만 이를 뒷받침하는 평화 지도자는 현장 경험이 풍부한 홍사광 박사의 "영원한 평화"의 컨설팅이 최상의 프로그램을 만들어 줄 것이다. 일독을 권하며 추천한다.

단국대학교 법과대학 명예교수 법학박사 석종현

목차 | CONTENTS

목차 | CONTENTS

Eternal Peace

PART 1

영원한 평화

『내 자신이 외부로부터 평화롭지 못한다면 결국은 자신의 활동이 평화로부터 제약을 받을 수 있다. 건강한 신체에서 건강한 평화 정신이 나오듯이, 자신의 몸이 병들어 있고 자신의 마음이 갈팡질 팡한다면 어떻게 소중한 평화를 세상으로 확산시킬 수 있을 것인 가. 그만큼 내면의 평화는 그 어느 것 보다 중요하다고 볼 수 있 을 것이다.』

영원한 평화를 향하여

평화는 태어나면서 부터 일정한 학습과정이 필요하다

우리에게 진정으로 필요한 것이 실은 알고 보면 지극히 단순하다. 그것은 사회의 지위나 학력, 인종을 떠나서 누구에게나 공통적인 소재인 평화이기 때문이다.

최근에 일어난 코로나 바이러스 사태로 지구촌 사람 모두, 과학적이고 전문적인 사람들조차 코로나 바이러스로 인해 우리의 주변의 평화가 얼마나 위협받았는지 너무나 잘 알고 있다.

평화는 '내적 요인'과 '외적 요인'으로 구별할 수 있는데 내적 요인은 주로 뇌과학이나 마인드 컨트롤에 따라서 많이 좌우되기 마련이다.

동양사상에서 마음이라는 화두가 바로 평화를 이끌어내는 중요한 인지이기도 하다. 종교에서 추구하는 내적인 기도와

열망은 알고 보면 우리 개개인의 진정한 평화를 이룩하기 위한 하나의 방법이다.

평화의 외적 요인은 우리가 알다시피 전쟁과 평화, 경제적 자유와 불평등 그리고 환경재앙과 그 피해를 통해서 얼마나 많은 평화 학습을 했는지도 모른다. 평화는 태어나면서부터 일정한 학습과정이 필요하다.

최근에 일어난 코로나바이러스 감염증 일부는 중국 우한에서 최초로 발생한 것으로 알려져 있다. 세계 보건기구 WHO에서 이미 2020년 1월 달에 팬데믹[1]을 예견하고 코로나19의 위험성을 선포했다. 그만큼 위험한 바이러스를 인지했는데도 불구하고 세계 각국의 미숙한 대처로 인하여 많은 사람이 희생되었다.

아마도 코로나19 예방 및 치료법을 확실하게 할 수 있는 연구가 나온다면 그에 노벨의학상을 주어도 무방할 것이다.

전세계가 코로나 바이러스 감염병 때문에 공황상태에 빠지면서 지구촌 사람들은 자유와 평화에 대한 소중함을 느꼈을 것이다. 세계 우수 병원에서 유전자 증폭검사 RT-PCR를

---

1) 팬데믹(Pandemic)의 어원은 그리스어 '판데모스(pandemos)'에서 따온 말이다. 모두(everyone)를 뜻하는 '판(pan)'과 인구(population)를 뜻하는 '데모스(demos)'가 합쳐진 말로, '새로운 질병이 전 세계적으로 유행하는 것'을 말한다. 거기에 비해 에피데믹(Epidemic)이란 '유행하고 있는, 만연된'이라는 뜻이고 에피데믹스(Epidemics)는 '전염병'의 뜻을 함유하고 있다.'(http://news.unn.net)

통해서 수많은 표본을 채취하지만 아직까지 이를 100% 완치할 수 있는 치료법은 나오시 않았나.

코로나19는 초기에는 작은 반점 형태로 미세하게 시작되어 병이 진행되면서 폐 주변부가 뚜렷하게 관찰되는 중증환자가 되고 나중에는 죽음까지도 각오해야 하는 무서운 질병이다.

환자의 활력이 떨어지고 자유로운 생활이 침해당하면서 병세가 나빠지며 생명이 위험해진다고 하니까 이는 재앙으로 기록하고 싶다. 그러면 코로나19는 어떻게 극복해야 할까? 가장 중요한 것은 먼저 충분한 수분을 섭취하면서, 안정적인 환경을 유지하며 휴식을 취하는 것이다.

만약에 병세가 악화된다면 혈액검사와 소변검사를 통해서 흉부상태를 점검해야 한다. 최근 의학기술의 발달로 고압 산소치료로 비말(침의 분포)을 없애는 항바이러스 요법을 쓰기도 한다.

무엇보다도 코로나19는 엄격한 세균검사와 치료를 통해서 그에 걸맞는 항균제를 투입하는 것이 좋으며 우리가 잘 알다시피 약 15일간의 휴식기간이 필요하다.

KF-94, 80 (Korea tilter) 마스크는 94% 미세입자를 차단한다는 방역용 마스크다. 이번에 한국에서 코로나 바이러스를 성공적으로 억제할 수 있는 수단 중 한 가지는 바로 바이러스 차단용 마스크를 국민들이 대다수 착용했기 때문에 다른 나라에 비해서 감염에 위험을 줄일 수 있었다.

작은 평화는 사소한 나눔의 순간이 사람과 사람간의 항바이러스 역할을 한다

마스크 얘기를 하면서 훈훈한 소식도 종종 듣는다.

재봉기술을 가지신 분들이 중심이 되어 천마스크를 만들면서 이를 판매하지 않고 장애자나 노약자, 특히 외국인 근로자한테까지 천마스크를 선물하면서 이를 받아 든 외국인 노동자들의 환한 웃음을 우리는 TV를 통해서 보아왔다.

얼마나 아름다운 작은 평화를 줄 수 있다는 말인가. 이렇게 사소한 나눔의 순간이 사람과 사람간의 항바이러스 역할을 하기도 한다. 우리는 이번 코로나 바이러스 사태를 통해서 면역력이 중요하다는 것을 깨달았고 면역력이 약한 노약층에서 확진자와 사망자가 많이 나온다는 것을 알 수 있었다.

면역력은 보건 위생 관점에서 영양가 있는 음식과 규칙적인 생활과 운동으로 인하여 늘릴 수 있지만 더불어서 우리는 사람과 사람간의 사랑과 평화라는 면역주사가 우리 인간에게 꼭 필요하다는 것을 느껴야 한다.

평화가 없는 사회는 생각만 해도 너무나 슬픈 상상이다

사랑이 없는 사회…

평화가 없는 사회는 생각만 해도 너무나 슬픈 상상이다.

실내를 소독하고 호흡기 증상이 있는 사람과의 접촉을 피하는 것도 중요하지만, 우리 인간사회에 긴급히 필요한 것은 우리를 치료해 주는 전문의사와 간호사 이들의 봉사정신과 더불어 국가나 지방 자치단체의 보살핌이다. 그리고 무엇보다도 중요한 것은 가족 간의 화합과 이해가 필요하다.

가족 간의 확진자가 생겼을 경우에는 위생과 안전을 우선으로 하며, 무엇보다도 그 가족이 완치될 때까지의 지극적인 정성과 꼭 나을 수 있다는 희망적인 메시지가 필요하다.

우리들은 비단, 코로나 바이러스 뿐 아니라 각종 세균과 기생충으로 인해서 쉽게 오염된 환경에 노출되며 때로는 위험에 빠질 수도 있다. 의학자들은 부단히 세균과 곰팡이에 관한 많은 논문과 연구, 치료를 통해서 많은 사람들에게 영

원한 평화의 희망을 주고 있다. "내일은 희망" 이라는 메시
지를 통해서 우리 단체2)에서 아프고 병든 파병용사들을 위
로해주는 프로그램이 매년 미국에서 개최되고 있다.

한국전쟁 때 낯선 이국을 지키려고 목숨 걸고 산 넘어 바
다 건너 넘어온 젊은 용사들이 이제는 노인이 되었다. 때로
는 [새한미친선연합회 사랑의 담요, 스프링백, 마스크, 체온측정기 등 기부
행사 포스터]경제적 기반을 잃어버리고 길에서 노숙하고 있는
나이든 늙은 군인들도 아주 있다. 이들을 돌보고 돕는 일은
우리에게 매우 필요하고 의미 있는 일이다.

[사]한미친선연합회, 사)한국사회문화연구원 사랑의 담요, 스프링백, 마스크, 체온측정기
등 기부 행사 포스터]

---

2) 사)한미친선연합회 회장 홍사광
   서울시 관악구 시흥대로 528(대영BD 3F) T 02)486-5541

세계 평화의 날
International Day of Peace

국제연합이 정한 세계 평화의 날이 9월 21일이다. 지금도 일어나고 있는 전세계적인 폭력과 전쟁을 예방하기 위해서 UN에서는 9월 21을 전 세계평화의 날로 정했다.

이날은 세계 평화를 위해서 모든 사람이 비폭력을 해야 하며, 일체의 전쟁이 있어서는 안 된다. 차라리 힘을 겨루기 위해서는 스포츠를 통한 힘겨루기가 바람직하다고 볼 수 있을 것이다.

스포츠를 통해서 진 팀과 이긴 팀을 가리며 패배한 팀은 승리한 팀에게 찬사를 보내며 승리 팀은 패배 팀에게 위로의 말을 잊지 않아야 한다. 그만큼 스포츠는 승자와 패자로 비록 갈리지만 나중에는 악수를 청하면서 결국 평화로 끝난다.

세계평화를 말하기 전에 우선 나 자신의 평화부터 생각하여야 한다. 내 자신이 외부로부터 평화롭지 못한다면 결국은 자신의 활동이 평화로부터 제약을 받을 수 있다. 즉 이런 말이 있다.

세계평화를 말하기 전에 우선 나 자신의 평화부터 생각하여야 한다. 내 자신이 외부로부터 평화롭지 못한다면 결국은 자신의 활동이 평화로부터 제약을 받을 수 있다.

건강한 신체에서 건강한 평화 정신이 나오듯이, 자신의 몸이 병들어 있고 자신의 마음이 갈팡질팡한다면 어떻게 소중한 평화를 세상으로 확산시킬 수 있을 것인가.

[UN에서 열린 세계평화의 해 기념식]

PEACE DAY

그만큼 내면의 평화는 그 어느 것 보다 중요하다고 볼 수 있을 것이다. 우리가 백화점에서 아무리 좋은 옷을 몸 위에 다 걸친다 해도 몸 안에 질병이 있다면 그 무슨 소용이 있겠는가.

세계평화의 날에는 우리 모두 글로벌 캠페인에 앞장서야 한다. 전 세계 사람들이 한국을 바라보는 것 중 하나가 바로 DMZ[3]이다. 그만큼 남북한을 갈라놓았던 전쟁의 상처가 전 세계 사람들에게는 관심의 대상일 수밖에 없다.

그러한 DMZ를 생명의 땅으로 변환하자는 운동이 일고 있다. DMZ 안에 자연적으로 형성된 무수한 생명과 평화가 깃들어 있다는 것을 전 세계인과 함께 밝히면서 평화의 인식을 새롭게 다지는 것도 좋은 방법이라 본다.

---

3) DMZ란 demilitarized zone의 약자로서 군사적 비무장지대를 뜻한다. DMZ는 휴전에 따른 군사적 직접 충돌을 방지하기 위해 상호 일정 간격을 유지한 완충지대를 말한다. 따라서 비무장지대에서는 새로이 군대의 주둔이나 무기의 배치, 군사시설의 설치가 금지되며, 이미 설치된 군대와 관련시설은 철수 또는 철거하여야 한다. 한반도에서의 DMZ는 1950년-53년 진행된 한국전쟁의 정전협정에 의해 성립되었다. [위키백과]

특히 젊은이들은 이러한 DMZ을 보면서 이제 전쟁보다는 평화를 향한 꿈과 세계평화 연대를 통하여 어른들이 하지 못했던 사실을 새롭게 각인해볼 필요가 있다.

많은 사람들이 DMZ에서 음악회를 하려고 하고, 미술 전시를 하려고 하고, 시낭송도 하려 한다. 그만큼 DMZ라는 개념이 예술가들에게도 새로운 전환점, 화두로 다가오고 있다.

어느 청소년 단체에서는 DMZ를 평화의 스카프로 이어보자는 운동으로 평화의 스카프로 자신의 몸을 묶고 이 스카프가 DMZ 전체 라인을 철조망 대신 감싸자는 의미인데 스카프 안의 그림은 평화를 상징하는 비둘기 모양이 어떨까 하는 생각을 하였다.

우리는 무서운 총보다는 평화의 스카프로 차라리 총이 보이지 않게 어두운 과거를 모두 감싸버리는 퍼포먼스를 하는 것도 생각해볼 수 있다.

그런 의미에서 UN 세계 평화의 날은 한마디로 말해서 전세계의 전쟁과 폭력이 중단되는 날로서 전 세계의 모든 나라, 모든 조직, 모든 개인들이 평화의 이상을 가지고 평화적 활동을 하는 날이기도 하다.

이를 위해서 세계 대학 총장 회의라던가 UN 총회, 유럽 연합과 같은 세계적인 조직을 통해서 우리는 매년 평화를 위한 일정한 주제를 가지고 평화 캠페인을 지속해야 한다.

이를 테면 핵을 없애는 운동을 점진적으로 해야 된다는 것과, 그 핵이라는 무서운 물질을 비확산 하자는 운동, 또는 세계 바다에 플라스틱을 버리지 말자는 운동도 어찌 보면 평화적인 퍼포먼스가 될 수 있다. 작년 노벨 평화상에 오르내렸던 사람 중 한 명이 바다에 플라스틱을 버리지 말자는 퍼포먼스를 했는데 그것이 사람들의 가슴을 울렸다.

플라스틱은 어류들이 먹게 되고 그 어류를 인간이 먹음으로써 각종 질병과 특히 암으로 시달리기 때문에 바다에 플라스틱을 버리면 안 된다는 것을 일깨운 것이다. 아마 이는 세계 평화를 위한 하나의 멋진 실천이라고 보고 있다.

한국에도 UN 세계평화의 날 한국 조직 위원회라는 것이 있다. 이러한 조직적인 활동을 통해서 우리는 폭력자들을 비폭력으로 유도하고 하나의 촛불보다도 위대하지 못한 폭력 기구들을 차라리 농사를 짓는 농기구로 변환해야 한다고 본다.

[세계평화의 날 행진]

이를테면 사람과 사람을 죽이는 총을 용광로에 녹여 농사를 위한 각종 도구를 만들고 이러한 농기구를 아프리카라던가 가난한 국가에 보급함으로써 평화로운 일상생활이 얼마나 소중한지를 우리는 느끼고 감사할 수 있다.

어느 미술 전시에서도 대단히 빠른 평화 회복 운동을 하는 것을 엿볼 수 있었다. 그것은 커다란 용광로에 각종 군사 무기들을 다 녹여서 농사를 짓기 위한 농기구를 만들자는 미술 소재였는데, 이는 폭력을 위한 기구가 보잘것없다는 것을 의미한다. 그런 폭력 기구들이 어두운 밤하늘에 빛을 밝히는 촛불 하나보다도 효용성이 없다는 것을 우리는 모두 알고 있다.

그렇다면 왜 사람들은 말로는 평화를 외치면서 뒤로는 전쟁 무기를 감추고 있는 것일까. 우리는 여기에 대해서 많은 생각을 할 수 있다.

우선 인간과 인간, 국가와 국가 간 믿음이라는 소망이 없기 때문이다. 믿음과 소망이 없다 보니 서로가 불안한 것이다. 그 불안감을 없애는 방법으로 개인과 그 국가는 살상무기를 항상 감추고 있는 것이다.

그러면 우리는 어찌하여 그러한 믿음과 소망이라는 대전제가 희미해진 것일까. 그것은 철학자가 말한 대로 인간의 마음속에 선한 마음과 악한 마음이 공존하고 있기 때문이다.

그러나 그 선한 마음이 악한 마음을 이겨냈을 때, 진정으로 평화는 오는 것이다.

건강을 연구하는 학자들은 우리의 인체도 그러하다고 표현한다. 우리 뱃속에도 우리 몸을 이롭게 하는 유익균과 우리의 몸을 해롭게 하는 유해균[4]이 공존하고 있다고 한다. 그러나 우리 몸이 건강하고 평화로운 것은 바로 유익균이 유해균을 이기고 있기 때문이다.

바로 이것이다. 평화의 세력이 원대하게 많아졌을 때, 비평화 세력은 점점 작아질 수밖에 없다.

그러므로 이런 세계 평화의 날을 기준으로 해서 평화가 소중하다는 평화의 세력들이 아주 많아졌을 때 그 폭력 세력은 점점 갈팡질팡 갈 곳을 잃고 결국 평화 세력으로 흡수되는 것이다.

---

4) 유해균은 생태계에 불균형(Dysbiosis)을 초래하고, 염증을 유발하여 만성적인 질병을 일으키는 미생물이다. 유해균은 병원성 미생물 혹은 기회감염균에 한정적인 개념이었으나, 분자생물학적인 분석법이 발달하고 미생물을 생태적으로 해석하기 시작하면서 불균형을 일으키거나 불균형 상태에서 증식하는 종류, 즉, 공생 유해균(Pathobiont)의 중요성이 대두되었다. 공생 유해균은 만성적인 염증과 관련되어 있어, 불균형의 지표종이자 현대 질병의 지표종으로 볼 수 있다. [위키백과]

리더십이 있는 평화로운 일터

회사는 자본주의 사회를 지탱하는 기본이요,
구성원들의 삶을 지배하는 요소이기도 하다.

인간에게 필요한 것은 일이라는 직업과 성취라는 개인적
목표달성이다. 인간의 생애에 있어서 가정에서 보내는 시간
과 일터에서 보내는 시간은 전자가 훨씬 많다. 그러나 후자
는 가정이라는 범위를 확대한 사회적 접촉을 전제로 한다는
점에서 그 의미가 크다.

공산주의 사회에서는 당과 직장이라는 공간이 인간을 강
력하게 지배한다. 공산당원, 그 중에서도 간부들은 일정한
다른 직업을 갖고 있지 않더라도 당에서 헌신함으로써 일반
적인 직업인과 견줄 수 없는 막강한 영향력을 공동체에 발휘
한다.

그러나 자본주의 사회에서는 정당들이 있긴 하지만 공동
체의 구성원들을 지배하는 절대적인 요인은 못 된다. 자본주
의를 표방하면서도 후진국의 경우는 정당에 속한 인간들이

건달 이상의 수준을 갖추지 못한 채 적폐만 남긴다.

그러므로 정상적인 자본주의 사회에서 기업은 가정보다 훨씬 넓은 범주에서 사회와 개인에게 중요한 영향을 끼치는 요소로 정평이 나있다. 기업 또는 회사는 자본주의 사회를 지탱하는 기본이요, 구성원들의 삶을 지배하는 요소이기도 하다.

회사에서 일을 아주 잘하는 사람들은 그만의 요령을 터득했다 볼 수 있다. 로마에 가면 로마의 법을 따르라는 말이 있듯이 일을 잘하는 사람의 특징적 요소는 그 회사의 조직에 효율적인 업무 성과를 내면서 직원들 간의 화합과 성취라는 두 마리 토끼를 잡는 데에 있다고 봐야 할 것이다.

회사의 리더란 회사원들이 자신의 역량을 최대한 발휘하도록 도와주는 것이 기본적인 임무다. 회사의 리더를 CEO[5]라고도 한다. CEO는 자신을 받드는 조직원들의 상황에 따라서 여러 가지 업무 성과를 낸다.

어떤 CEO는 자신의 지도력이 부족해서 또는 조직원들이 빗나가서 부도를 맞기도 한다. CEO와 조직원 사이에 임원들이 있다. 그만큼 일 잘하는 임원과 그 임원을 리드하는 CEO

---

5) 최고경영자(最高經營者, chief executive officer, CEO) 또는 최고경영책임자 (最高經營責任者)는 어느 회사, 단체, 정부 부서의 총체적인 경영을 책임지는, 가장 높은 위치에 있는 경영자를 말한다.
내부 소통과 언론을 통해 수많은 회사들이 이 용어를 이용하고 있다. 기업에 따라서 이사회 의장 혹은 사장과 겸직하는 수도 있다.

간의 소통의 방식은 대단히 중요한 개념이라고 봐야 한다.

이러한 개념이 소통되지 않고는 서로가 숨통이 막힌다. 모두가 답답해서 못 견딘다. 또는 스트레스가 너무 많이 쌓인다. 스트레스가 쌓이면 궁극적으로는 폭발하고 만다. 폭발이 있는 곳에 평화가 있을 수 있겠는가? 정상적인 CEO라면 회사의 분위기를 정말 평화로운 일터로 만들어야 한다.

얼마 전에 인터넷 포털사이트를 운영하는 큰 회사가 제주도 바닷가로 본사를 옮긴 적이 있었다.

그 CEO는 우리가 아는 상식과는 달리 수도 서울에 본사가 있어야 한다는 맞춤식 경영 마인드를 깨고 바다와 파도가 있는 제주도로 본사를 옮긴 것이다.

[다음커뮤니케이션 제주본사]

우리는 당장은 직원들이 가족과 떨어져 생활하다 보니 불편한 점이 많겠지만 미래적으로 그리고 거시적으로 본다면 그 일터가 새롭게 행복감을 주는 공간으로 변모된다고 예상할 수 있다.

복잡한 수도 서울보다는 바닷가에 있는 본사가 상당히 낭만적이고 평화로운 일터가 될 수 있지 않겠는가?

사람은 환경의 지배를 많이 받고 있다는 점에서 환경의 동물이다. 파도 소리나 바람 소리, 새 소리가 들리는 자연친화적인 공간에서의 일터와 소음과 공해, 스트레스가 많은 도심에서 일하는 사람의 미래의 목표달성은 분명히 다르게 나올 것이다.

그만큼 자연친화적인 기업이 결국 평화로운 일터가 되고 또한 거기서 생산되는 모든 브랜드가 소비자들에게 행복감을 안겨 주는 2차 브랜드 효과를 가져 오기에 충분하다.

물론 이러한 법칙이 전체에 적용되기란 어렵다. 왜냐면 수도라는 큰 공간을 무조건 비관적으로 평가해선 안 되기 때문이다. 나름대로의 시너지 효과를 내기 위해 도심에 안주하는 기업들이 많다.

"서울은 만원이다"라는 말이 나온 지 오래 되었지만 서울이 북적이는 이유도 여기에 있다.

그러나 최근 업무 기술이 아날로그에서 디지털 기술로 변화하면서 많은 분들이 손으로 하는 수작업보다는 컴퓨터로 하는 전자 매체에 더 많은 시간을 할애하고 있다는 사실을 우리는 알아야 한다. 전자 매체는 반드시 서울에서만 능률이 오르는 분야가 아니다.

최근 유튜브나 컴퓨터를 만지는 시간이 우리가 전통적으로 보고 있는 TV를 보는 시간보다도 많다는 것이 통계적으로 증명되었는데 흥미로운 일이다.

세상은 혁명적으로 변화하고 있다. 이 혁명을 우리는 그저 앉아서 보고만 있을 것인가?

CEO는 유연한 사고방식으로 부하를 대하면서 평화로운 일터를 만드는 것이 가장 중요하다.

소비자들의 기호 패턴은 순간순간 바뀌고 있다. 이것은 CEO가 주도하는 경향이 아니다. 이것은 제4차 산업혁명이 촉발하고 주도하는 엄청난 변화의 양상이다.

가라!, 낡은 것은 오라!, 새것은. 이것이 이 시대의 슬로건이다. 우리는 이 변화에 적응해야 한나.

일 잘하는 직원과 일을 잘 기획하는 리더 사이에는 새로운 플랫폼6)이 보통 형성되어 있다. 그것은 타율적인 지배방식의 업무 환경보다는 자율적인 창의로운 업무 방식이다. 자율이야말로 변화와 도약의 다이너마이트다.

그러므로 CEO는 부하 직원에게 획일적으로 일을 시켜가지고는 그 직원의 능력을 100% 이끌어내기 힘들다. 결국 CEO는 유연한 사고방식으로 부하를 대하면서 평화로운 일터를 만드는 것이 가장 중요하다.

자본주의의 상징이라는 회사에서 평화라는 화초가 없이는 목표달성이라는 꽃이 피지 않는다. 그 꽃이 활기차게 피기 위해서는 그 화초를 가꾸는 사람들이 건전한 사고방식을 가지고 있어야 한다.

이를테면 그 화초를 키우기 위해서 하루 몇 시간씩 태양을 보게 한다던가, 또는 자연의 바람을 쐰다던가 하는 환경적인 유연한 변화가 그 화초를 건강하게 키울 수 있게 하는 것이다. 그 화초는 바로 우리 일터의 환경이다.

평화로운 일터의 첫 번째 프로그램이 어떠한 목표적인 일

---

6) 플랫폼(platform)은 각각 '구획된 땅' '형태'란 뜻의 영단어 'plat'과 'form'이 합쳐져 형성된 단어다. 풀이하자면 '구획된 땅의 형태', 즉 용도에 따라 다양하게 쓰일 수 있는 공간이 된다. [위키백과]

을 기획했을 때 그 일을 이렇게 해라 저렇게 해라 지시하지 않는다는 것이다. 이렇게 했을 때 여러분의 의견은 어떠한지, 또 저렇게 했을 때는 어떠한지 상당히 여론 공감적인 생각에서 최적의 결과물을 낼 수 있는 것이다.

신입사원과 경력사원의 관계적인 평화로운 일터를 만드는 것이 바로 CEO가 하는 일이다

만약 유능한 경력사원이 새로 들어온 신입사원에게 군대식 하달 명령으로 무거운 지시만을 내린다면 그 신입사원을 그 경력사원을 신뢰하거나 존경하지 않는다.

퇴근할 때는 분명 불만스러운 마음으로 어디 다른 더 좋은 직장이 없을까 숨겨놓은 방황을 스스로 하게 되는 것이다. 그러므로 신입사원과 경력사원의 관계적인 평화로운 일터를 만드는 것이 바로 CEO가 하는 일이다.

CEO는 신입사원의 업무적인 성과를 다짜고짜 감동만 하지 않고 그가 현명하고 지혜로운 업무에 도달할 수 있도록 케어해주는 것이 그 신입사원과 경력사원을 리드하는 중요한 리더십 과제라 봐야 할 것이다.

그 직원들의 충분한 역량을 끄집어내지 못한다면 그 CEO는 시실은 노회되기니 은퇴기 얼마 남지 않았다는 암시적인 생각을 가질 수 있다.

석양에 가까이 온 CEO가 과감한 발상으로 회사를 살리거나 내일은 해가 뜬다고 긍정적인 생각을 하기는 어려운 것이 인지상정이다.

물론 CEO의 노화 현상을 극복하는 것도 역시 CEO의 동기부여 방식을 우리는 살펴봐야 할 것이다. 즉, 자신의 역량이 부족했을 때는 그 일을 완수해야 할 임원 구성을 하는 것이 필수적 요건이다.

그 임원은 세부적인 사업계획과 실행을 방임하지 않고 목표를 향한 에너지적 발전성과를 내기 때문에 이는 회사의 실전 리더십을 일으키는 굉장한 중요한 요소이다.

한마디로 신입사원, 경력사원, 그리고 CEO 이들이 의욕적으로 일할 수 있는 환경은 앞에서 말했듯이 평화로운 리더십이라 보아야 할 것이다.

그 평화가 깨진 상황에서 모욕감이 든다면 사기는 떨어지고, 리더십의 효과는 극도로 떨어질 것이다. 결국 모든 지지부진과 소통부족의 책임은 CEO가 져야 한다.

그런 회사가 제4차 산업혁명7)의 거센 물결에서 도태되리라는 것은 명확하다.

그러므로 우리는 CEO면 더욱 그렇고, CEO가 아닌 중간 지도자라 할지라도 자율적 방식의 평화로운 일터에서 목표를 달성하는 계기가 온다는 것을 잊지 말아야 하겠다.

---

7) 제4차 산업 혁명(第四次 産業 革命, 영어: Fourth Industrial Revolution, 4IR)은 정보통신 기술(ICT)의 융합으로 이루어지는 차세대 산업 혁명이다. 18세기 초기 산업 혁명 이후 네 번째로 중요한 산업 시대이다.
   이 혁명의 핵심은 빅 데이터 분석, 인공지능, 로봇공학, 사물인터넷, 무인 운송 수단(무인 항공기, 무인 자동차), 3차원 인쇄, 나노 기술과 같은 7대 분야에서 새로운 기술 혁신이다.

Hi Innovation !

우리에게 혁신이 있는 한 희망은 있다. 혁신은 캄캄한 밤에
별이 빛나듯이 평화라는 샛별을 동반하고 있다

수많은 위기를 극복해온 우리 민족은 세계적인 선진국으
로 도약하는 도약대에 서 있다. 그러한 베이스캠프의 시작은
개인의 욕심, 가정의 혁신, 국가의 혁신, 이 모든 새로운 변
화가 나중에는 국민의 혁신으로 다가왔다.

전세계가 주목하는 한국의 신기술 중에 "바이오기술",
"천연 나노기술8)", "솔라 태양광기술", "해양 에너지기술"
등이 있는데 이러한 한국의 신기술이 미래에는 우리를 먹여

---

8) 나노기술(Nano Technology; NT)은 10억분의 1미터인 나노미터 단위에 근접한
원자, 분자 및 초분자 정도의 작은 크기 단위에서 물질을 합성하고, 조립, 제
어하며 혹은 그 성질을 측정, 규명하는 기술을 말한다. 국내 기업의 천연나노
기술의 예로 우주정거장은 인간의 두뇌로 만든 최고의 과학 기계장치이나 에
너지 공급원인 태양광 패널도 너무 크고 각종 첨단 부품소재들의 품질이나
수명들이 문제가 많이 있는데, 이러한 문제점들을 말끔히 해소할 수 있는 기
술이 바로 국내 기업 에이펙셀이 세계 유일하게 보유하고 있는 천연나노 기
술이며 우주선, 우주정거장 제작 등을 맡아있는 미국, 일본, 러시아, 중국 등
선진 각국들의 우주항공관계 기관들로부터 그동안 에이펙셀을 자국으로 옮겨
와 달라는 러브콜을 많이 받아왔었다. [위키백과]

살릴 씨앗이 된다.

그 이면에는 미국 실리콘 밸리의 학자들처럼 한국에도 제2의 강남이라는 신도시, 판교라는 도시에 제1 테크노밸리가 들어와 거대한 제 4차 혁명의 산물이 되고 있다.

제1 테크노밸리의 연간 매출은 경제도시 부산시의 연매출과 비슷하다 한다. 그러므로 국가적 숙제인 일자리 창출이 이뤄지고 모든 인프라 형성이 되면서 미래의 설계를 위한 발걸음으로 희망의 등불이 되어 진다는 점에서 꿈을 실어볼 만하다.

그래서 우리에게 혁신이 있는 한 희망이 있다. 그 혁신은 캄캄한 밤에 별이 빛나듯이 평화라는 샛별을 동반하고 있다. 그 혁신이라는 것이 1, 2차 세계대전처럼 인간이 인간을 말살하는 그러한 첨단무기가 아니며 살인무기를 만드는 기술혁신을 진정한 혁신으로 볼 수 없다.

시골 두메 마을 동네 길을 걸으며 '아! 이것이 내가 찾았던 힐링 고ᄉ구니!' 비로 여기기 혁신을 꿈꿀 수 있는 조용한 낙원이 될 수 있다는 것을 알았다.

이를테면 전남 나주에 주 생산품 "배"를 예로 들자. 일반 배는 연장자들에게는 추억이며 전통이며 제사음식까지 오르는 귀한 과일이라 참 맛있게 깎아 먹었던 추억이 있을 것이다. 그러나 세월이 흘러 요즘 신세대들은 칼로 배를 깎는 그 과정을 싫어한다.

여기서 나오는 혁신적인 아이디어가 배를 나노화시켜 배즙을 만들어 마시기 좋게 만들었더니 마이너스 매출이 급성장해서 젊은이들 사이에서 건강음료로 각광을 받고 있다.

나주에 있는 '배농장'도 혁신을 꿈꾸고 있다. 아름다운 배꽃이 피는 배 농장 사이로 심신에 지친 사람들이 힐링 산책을 할 수 있는 배 밭 오솔길이 그것이다.

더불어 세계적인 '배 박물관'을 만들어 전세계인이 배라는 과일을 새롭게 만나는, 꿈꾸는 박물관 건설이 또한 혁신적인 아이디어라 할 수 있다. 이러한 혁신은 사람을 편안하게 하는 평화로운 마음이 동반되어야 하는 것은 당연하다고 할 것이다.

PART 2.

지구촌의 평화

『인간이 진정으로 평화를 향유하기 위해서는 소크라테스나 공자의 성선설을 원점에서 다시 분석하는 것도 필요하겠다.

왜냐하면 인간의 마음속에는 선한 마음과 악한 마음이 공존하고 있기 때문이다. 선한 마음이 지구를 지배했을 때는 당연히 평화의 시대가 오는 것이고, 악한 기운이 지구를 지배했을 때는 전쟁과 공포의 시대가 온다고 봐야 할 것이다.』

유네스코 세계유산은 평화의 공간이다

세계문화유산은 우리 인류의 행복한 만남이다. 그리고 그 만남 속에는 항상 평화로운 모습이 깨어 있다.

유네스코 세계유산(UNESCO World Heritage)은 인류가 후대를 위해서 꼭 보호할 가치가 있다고 판단하여 세계유산 일람표에 등록한 문화재를 말한다.

유네스코 세계유산을 보면서 신이 인간에게 준 가장 좋은 선물이 바로 유네스코 세계유산이라는 생각이 든다. 그만큼 전세계 어디에 가든지 유네스코 세계문화유산의 행복한 이미지는 찾는 이에게 위로를 준다.

유네스코 세계유산이 완성되기까지는 어떤 유산은 1천년 이상이 걸릴 정도로 역사적 시간과 무관하게 공사를 진행한 적도 있다고 한다. 그만큼 세계유산은 우리 인류에게 다가오는 미래의 전설을 지금 볼 수 있는 좋은 시간적 여유라 봐도 될 것이다.

이러한 찬란함과 놀라움으로 우리는 세계문화유산을 볼 때마다 어깨가 뿌듯함을 느낀다. 그만큼 세계문화유산은 우리 인류의 행복한 만남이다. 그리고 그 만남 속에는 항상 평화로운 모습이 깨어 있다.

동양의 문화는 불교문화로 가정 지을 수 있다. 인도에서 탄생된 불교라는 종교는 중국을 거쳐서 한국으로 넘어오게 된다. 한국에 와서는 전통불교 호국불교로 자리 잡고 있음을 우리는 산사 곳곳에 건립된 불상을 통해서 알 수가 있다.

우리나라에는 특히 유네스코 세계유산으로 등재된 사찰이 총 9군데다. 1995년 합천 해인사 장경판전과 경주 불국사 석굴암이 등재된 데 이어서, 2018년도에는 양산 통도사가 등재되었다.

그 외 부석사, 봉정사, 법주사, 마곡사, 선암사, 대흥사 총 9곳이 유네스코 세계유산으로 등록되어 전세계 관광객들과 역사가들이 매년 탐방하고 있다.

우선 유네스코 세계유산으로 등록된 9곳의 사찰은 미술학적으로 아름다운 균형을 이루고 있다. 그러나 무엇보다도 9개 사찰의 불상의 용모가 평화로운 것은 찾는 이들의 공통된 의견이다.

그만큼 세계유산인 사찰의 불상을 보면 산만한 기운은 없어지고 대신 고요하고 평화로운 정적만이 감돌고 있다.

사찰의 규모는 감히 상상할 수 없을 정도로 어마어마한 땅을 가지고 있으며, 조성된 불상의 얼굴은 누구니 뵈도 평화로운 미소, 환희스런 모습을 지니고 있어 다가오는 이들에게 너무나 친근한 생각이 들 정도로 대단한 기운을 준다.

유네스코 세계유산으로 등록된 9개의 사찰로 한국의 불교가 이목을 받는 가운데 대한민국의 3대 사찰이 관심을 끌고 있다.

[유네스코 세계문화유산에 등재된 한국의 산사]

3대 사찰은 합천 해인사, 양산 통도사, 순천 송광사로 표현할 수 있다. 불교에 관심 있는 사람들은 합천 해인사를 법보(法寶) 사찰, 양산 통도사를 불보(佛寶) 사찰, 순천 송광사를 승보(僧寶) 사찰이라 일컫는다.

첫째, 합천 해인사는 팔만대장경을 보존하는 사찰로서 세계적으로 유명하다. 팔만대장경은 고려시대에 몽골의 침입을 부처님의 법력으로 막기 위해 거국적으로 진행한 불사(佛事)의 결과물이다.

세계의 대장경 중 가장 오래 되었으며 장경의 내용과 체제가 정교한 이 대장경은 세계 기록유산으로 지정되었다. 이어서 팔만대장경을 보존한 장경판전이 세계유산으로 등록되었다.

참으로 절묘한 사실은 합천 해인사 팔만대장경이 있는 장경판전은 그 역사적인 환란 속에서도 한 번도 화재가 난 적이 없다는 것이다.

그 석단의 구조가 방화벽의 구조로 되어 있어 불을 방어한 것인지, 아니면 경이로운 팔만대장경의 보이지 않는 기묘한 힘에 의해서 화재를 예방했는지 참으로 연구할수록 오묘하다는 생각이 든다.

둘째, 양산 통도사는 신라 선덕여왕 때 자장율사[9]에 의해 창건되었지만 임진왜란 때 불타 중건된 절이다. 이 절은 영축산을 의지한 광활한 터를 포함하고 있다.

영축산이란 부처님 당시 마가다국 왕사성에 있던 산이다. 통도사(通度寺)란 절은 양산의 영축산이 부처님이 직접 설법하신 영축산과 통하며, 스님들이 부처님의 진신사리를 모신 금강계단에서 계를 받아야 한다는 뜻에서 이름 지어졌다. 통도사 대웅전은 국보로 지정되었다.

[양산 통도사]

---

9) 자장(慈藏, 590년~658년)은 신라의 스님이었고, 율사(律師)로 알려져 있다. 출가하기 전에는 진골 출신의 귀족이었으며, 성은 김(金), 속명은 선종(善宗)이다.[위키백과]

셋째, 순천 송광사는 신라 말기에 혜린대사[10]가 지은 암자를 고려의 보조국사 지눌[11]이 정혜사를 이곳으로 옮겨와 스님들이 참선에 집중하는 절로 자리 잡았다. 송광사는 조계산이 어머니의 품처럼 감싸주는 아늑한 절로서 웅장한 대웅전이나 탑보다는 스님들이 기도하는 도장으로서 자리매김했다.

송광사에서 선에 집중하여 부처님 가까이 간 스님들이 얼마나 많은지. 국가의 스승이 될 만한 스님을 국사(國師)라 한다. 송광사는 고려시대 이래 보조, 진각, 청진, 진명, 원오, 원감, 자정, 자각, 담당, 혜강, 지원, 혜각, 각진, 정혜, 홍진, 고봉 스님 등 16명의 국사를 배출했다.

이 절에는 세계 각국에서 스님들이 모여들어 기도하는 국제선원도 있다.

이밖에, 학생들이 고등학교 때 가장 많이 수학여행을 가는 곳이 경주 불국사인데, 석굴암 역시 미학적인 관점이나

---

10) 혜린대사가 수도 중 병마와 맹수에 시달렸는데 꿈에 석가여래가 나타나 회복시켜주고 불교의 보물 세 가지를 준뒤 사라져 부처의 은덕을 갚고자 송광사를 지었다고 한다.
11) 지눌(知訥, 1158년~1210년 4월 22일)은 고려 중기 ~ 후기의 승려이다. 속성이 정(鄭)이고, 자호가 목우자(牧牛子)이며, 시호는 불일보조국사(佛日普照國師)이며, 탑호는 감로(甘露)이다. 동주(洞州: 서흥) 출생이다. 대한불교조계종에서는 도의(道義)국사를 조계종의 종조(宗祖)로 여기며, 보조국사 지눌을 조계종의 중천조(中闡祖: 분명하게 밝힌 조사)로 여기며, 태고국사 보우(普愚: 1301~1382)를 중흥조(中興祖: 중흥시킨 조사)로 여긴다.[위키백과]

기하학적 관점에서 가장 완벽한 자세를 하고 있으며, 무엇보다도 강렬하게 느꼈던 것은 식굴임의 불상 일굴이 진혀 두려움이 보이지 않는 평화의 경지에 다다른 듯한 느낌을 준다는 것이다.

석굴암 불상은 멀리서 보나 가까이서 보나 그 환희로운 미소와 전체적인 곡선구도는 세상의 모든 것이 직선보다는 곡선학적인 조화가 더 부드럽고 더 안정적이라는 것을 알 수 있다. 잠시 사찰에 숨어 있는 그러한 오묘함을 느꼈던 순간, 우리 모두는 깊은 희열을 느낄 수 있을 것이다.

유네스코의 세계유산은 크게 문화유산, 자연유산, 복합유산으로 분류한다. 앞에서 말한 사찰이나 유적, 건축물과 같은 것은 대체로 문화유산에 속한다.

[석굴암 불상]

멸종위기에 처한 동식물의 서식지, 지질학적 자연의 형태 등이 자연유산에 속한다. 그리고 복합유산은 문화유산과 자연유산의 특성을 동시에 충족하는 유산을 뜻한다.

세계문화유산은 인류의 소중한 문화유산이기도 하지만 알고 보면 인류가 걸어가야 할 방향을 제시했다고 해서 인류의 스승이라고도 불릴 수 있다. 그만큼 세계문화유산은 우리 모두에게 스승 같은 존재이다.

그 스승의 가르침은 전쟁을 억제하고, 평화를 영구히 보존하자는 유네스코 기본 방침에 의해서 유지되고 또 보존된다.

인류 역사적으로 중요한 유산은 범국가적으로 관리할 필요가 있다. 다시 말하면 세계유산을 가지고 있는 나라가 약소국일 경우, 강대국이 이를 침범하거나 훼손하는 일을 막아야 한다는 것이다.

이러한 정신이 1972년 노벨재단[12])에 있는 스웨덴 스톡홀름에서 개최된 UN회의에서 세계유산 보호를 위한 국제협약이 채택되었다. 그리고 그 해 11월, 유네스코 총회에서 세계

---

12) 노벨 재단(스웨덴어: Nobelstiftelsen)은 다이너마이트 발명자 알프레드 노벨에 의해 설립된 그의 유산 관리와 노벨상을 주관하는 재단이다. 그의 유언에 근거한 노벨상은 노벨 물리학상, 노벨 화학상, 노벨 생리학·의학상, 노벨 문학상, 노벨 평화상의 각 분야에서 상당한 업적을 달성한 인물에 수여되는 학술 표창이다. 이후 경제 분야에서 알프레드 노벨을 기념하는 스웨덴 중앙은행 경제학상이 추가되었다. [위키백과]

유산협약이 채택되었다[13]. 그만큼 세계문화유산은 국가와 국가 간 장벽을 떠나 범국가직인 보존의 필요성을 느낀 깃이다.

그리고 세계문화유산이 있는 도시는 아무리 합리적인 전쟁이라도 파괴와 탈취를 할 수 없도록 안전보장협의회를 갖는 것도 중요하다 볼 수 있을 것이다.

우리가 말하는 UN의 안전보장이사회처럼 세계문화유산을 관리하고 보존하는 안전보장협의회의 중요성이 더욱더 필요해졌다. 이는 모든 국가의 평화를 분배하는 발전소와 같기 때문이다.

---

13) 1972년 10월17일부터 11월21일까지 파리에서 열린 제 17차 유네스코총회는 세계문화유산 보호를 위한 국제협약을 채택하였다. [위키백과]

지구촌의 5대 스승

**인간이 평화로운 평정심을 유지할 때는 악한 마음은 한없이
줄어들고 선한 마음이 증폭되기 마련이다.**

세계 지식인회의는 인류 역사상 가장 위대한 스승 다섯
명을 모셨다. 그들은 예수, 석가, 공자, 소크라테스, 그리고
최근에 성인 반열에 오른 테레사 수녀 등이다.

첫 번째 존경하는 인물은 기독교의 중심
인물인 예수님을 들 수 있다. 나사렛 예수
는 기원 후 활동한 유대인의 설교자이자 종
교 지도자이고 기독교의 유일신이다.

[예수]

예수님은 이렇게 신적인 존재로서 신의
아들과도 같은 많은 추앙을 받았으며, 또한
현실에서 일어날 수 없는 기적적인 일들이
나중에는 대중적인 존경을 받는 역사로 기
록되고 있다. 예수님의 역사는 기적의 역사

라고 말해도 지나치지 않다.

인류의 죄를 구원하기 위해서 오신 예수님의 사상은 한마디로 사랑이라고 말할 수 있다. 예수님께서는 "너의 오른뺨을 때리거든 왼 뺨을 대줘라"는 생각으로 한없이 사람들을 사랑하고 또 그 사랑이 부족한 사람들에게 속죄의 시간을 끝없이 주고 있다.

거의 전 세계 사람들이 예수의 탄생일인 크리스마스나 예수가 십자가에 못 박혀 돌아가셨다가 사흘 만에 살아난 부활절을 축하하는 것을 보면 예수님의 사랑은 인류의 성인으로서 끝없을 것으로 보인다.

예수의 아버지인 나사렛 요셉은 목수였으며, 어머니는 성모 마리아라 불리는 나사렛 마리아였다. 두 부모님의 사랑은 하느님의 사랑이며 성령의 역사로 기록되고 있다. 이것은 가정에서의 사랑이 사랑의 역사에서 얼마나 중요한가를 일깨우기도 한다.

예수님의 사랑 중에서 가장 많이 알려진 것이 "가난한 사람들아, 너희는 행복하다. 하나님의 나라가 너희의 것이다. 지치고 힘든 자들아, 다 내게로 오너라. 내가 너희를 행복하게 하리라." 이다.

예수님의 사랑의 정신은 "너의 이웃을 사랑하라. 그리고 끝없이 기도하라."에서 볼 수 있듯이 예수님은 너 자신을 사랑하듯이, 너의 가족을 사랑하듯이 너의 바로 이웃을 사랑하라고 가르친다.

그리고 예수님께서는 보이지 않는 어떠한 피사체, 또 멀리 있는 사람들에 관해서도 항상 그들을 위해 기도하고 묵상하는 생각이 주위를 기쁘게 하고 즐겁게 한다고 하였다. 인류를, 더 나아가서 무생물까지 사랑하라는 말씀은 사랑 그 자체로서 존재하라는 것을 의미한다.

또한 파격적인 내용도 있는데, "지금 배불리 먹고 있는 사람들아, 너희는 불행할 것이다. 너희도 굶주릴 날이 올 것이다. 지금 웃고 지내는 사람들아, 너희는 불행할 것이다. 너희는 슬퍼하며 울 날이 올 것이다."라는 것이다.

이러한 내용은 결국 부자였을 때 가난한 사람을 도와야 하고 항상 행복하고 기쁨이 있는 사람들은 슬퍼하고 어려운 이웃을 도와주라는 상징적인 메시지다. 이것이 사회정의에 합당함은 물론이다. 사랑은 곧 정의다.

또한 끝없이 "원수를 사랑하라, 그리하여 너희를 구제하라"라는 문구에서 알 수 있듯이 원수를 피로 갚는다면 결국 그 원수의 자식은 다시 피의 보복을 할 것이다. 원수는 원수를 낳고 원수의 끝은 피바다가 될 것이다.

그래서 예수님은 원수를 사랑하라 하였다. 원수를 용서하고 원한을 일으키는 마음을 기적 같은 성령의 믿음으로 또는 메시아를 기다리는 순수한 시간으로 극복하라고 가르친다.

비록 인간의 차원을 넘어선 높은 차원이지만, 이러한 것을 실천하였을 때 우리는 많은 군중들이 구제를 받고 또한 네 이웃과 네 친척들이 생명을 얻어 행복하리라는 것을 알 수 있다.

성경에 보면 예수님께서는 십자가에 못 박혀 죽은 지 사흘 만에 다시 살아나 12제자를 축복하고 많은 사람들이 보는 가운데 하늘로 올라갔다고 기록되어 있다. 성경에 나타난 부활과 승천의 이야기는 지금도 우리들에게 커다란 감동을 주고 있다.

수많은 군중이 모여 있는 광장에서 "너희 중 어느 누구 죄 없는 자가 저 여인에게 돌을 던질 수 있느냐"라는 구절이 있는데 결국은 어느 누구도 그 여인에게 돌을 던지지 못한다. 왜냐하면 어느 누구든 죄 없는 사람이 없기 때문이다. 그러므로 우리는 사랑에 충실하고 그 사랑에 순종해야 하는 것이다.

예수님의 사랑은 학자처럼 머리를 싸매고 연구하거나, 운동선수처럼 부단하게 땀을 흘리며 수련해서 얻어지는 것이 아니라 사랑 자체로 살면서 그것을 이웃에게 확대할 주제다. 사랑을 본능적으로 실천하는 자만이 사랑 받을 수 있다.

모든 사람이 자비의 행진에 동참한다면 자비무적의 결과로서
적이 없어지고 끝내는 아군만 남게 되는 것이다.
즉, 평화를 유지하는 사람들이 평화의 마을을 형성하는 것이
다. 그것이 자비 정신이다.

두 번 째로, 석가의 자비 사상은 중생에게 즐거움을 주는 것을 말하는데, 이는 인자무적(仁者無敵) 즉 어진 사람은 적이 없다와 같은 의미다. 실제로 어질고 자비로운 사람에 적이 있을 수는 없다.

[부처]

그리고 이러한 자비사상이 수많은 중생을 구제하며 또한 괴로움을 없애준다. 불교에서 가장 기본이 되는 사상이 바로 자비 사상이다.

석가는 이러한 자비 정신을 평생 동안 주장했으며, 모든 생물과 무생물에 모두 자비심을 일으키는 인연이 있다고 보았다. 이 세상의 모든 인과관계가 이런 자비의 틀 속에서 존재한다. 자비를 일으킴은 과연 무엇이 보장된다는 말인가?

첫째는 많은 사람이 평화를 얻게 된다.

인간이 서로에게 무기를 겨누지 않는다면, 이보다 더 큰 평화는 어디에 있겠는가? 평화는 이렇게도 손쉬운 것인데 인간은 마음속에, 또는 집안 구석구석에 흉기를 숨겨 놓고 자신과 뜻이 맞지 않는 사람이라면 적군으로 간주하고 무시무시한 일을 일으킬 준비를 항상 하고 있다.

과연 인간의 마음속에 선함이 존재하는가? 악함이 존재하는가? 이 문제에 대해서는 인류의 역사상 많은 논란이 있었지만 아마도 선한 마음이 약 50%를 차지하고 악한 마음이 나머지 50%를 차지한다. 그러나 인간이 평화로운 평정심을 유지할 때는 악한 마음은 한없이 줄어들고 선한 마음이 증폭되기 마련이다.

거꾸로 보복심을 일삼는 불량배나 폭력배들에게 악한 마음은 선한 마음보다 많을 수 있다. 이들은 항상 마음속에 보복심과 경계심을 늘 지니고 있다. 물론 이것은 좋지 않은 습관이다.

그래서 석가께서는 인류의 종파, 또 인종, 지역을 떠나서 모든 사람이 자비의 행진에 동참한다면 자비무적의 결과로서 적이 없어지고 끝내는 아군만 남게 되는 것이다. 즉, 평화를 유지하는 사람들이 평화의 마을을 형성하는 것이다. 그것이 자비 정신이다.

셋째로, 공자님이다.

공자님의 핵심 사상은 인(仁) 즉 어진 삶
이다. 인 사상이란 사람과 사람 사이에 서로
친목을 도모하며 원만한 사회생활을 할 수
있는 것을 뜻한다.

[공자]

공자님의 인의 사상은 인간의 도덕성에서 결국은 우러나
와야 한다. 그러나 인은 누구한테나 나오는 것은 아니다. 인
이라는 것은 어진 것을 좋아하고 또한 사랑을 베풀고 학문을
좋아했을 때 그러한 지혜를 갖출 수 있는 것이다.

공자는 중국 노나라에서 B.C 551년에 태어났다. 그 당시
위대한 정치가, 주공의 '예절제도'를 그는 기본 텍스트로 잡
았다. 인간과 인간 사이에 가장 중요한 다리가 예절이라고
본 것이다. 그 예절이란 살아있는 자에게도 해당되고 죽어있
는 자에게 제사를 지내는 의식도 해당된다고 봐야 할 것이
다.

예절은 인간의 덕성이요, 그 예절의 완성이 사회의 도덕
이 되는 것이다. 결국은 이러한 도덕이 공자님의 인의 사상
으로 요약될 수 있다 그러한 예절은 가족 형제간의 우애에서
시작한다. 또한 부모에 대한 효도에서 시작된다.

그래서 공자님은 예절과 효도가 근본이 돼야 결국 나라가
바로 선다고 하였다. 효도와 예절이 완전히 행해지지 않는다

면, 그 국가는 올바른 정치를 하는 것이 아닌 정치 곡예를 하는 것과 같이 위험히디고 하였다.

이러한 태도는 결국 마음에 깊이 자리 잡게 되고, 그 마음은 양심이 명하는 대로 따르게 될 것이다. 그러므로 인간의 덕행은 결국 이론보다는 실행에 중심이 있다고 봐야 할 것이다. 공자님이 사상을 실천의 덕목이라고 말하는 이유도 여기에 있다.

사람이 아무리 좋은 동정심을 갖고 있더라도 그 타인에게 인을 베푸는 덕행을 실천하지 않는다면 무슨 소용이 있겠는가? 그러므로 사람들은 품행이 반듯한 어진 자와 벗을 삼아야 인이 생긴다고 하였다.

반대로 사람으로 태어나서 예의를 갖추지 않는다면 그는 동물과 같다. 실제로 사회에는 무례하고, 사리사욕만 취하며, 공공의 이익과는 전혀 무관하게 살아가는 사람들이 있다. 이들은 인을 파괴하는 공적(公敵)이라 할 수 있다.

공자님은 인이 부족했을 때는 부단하게 글공부를 해야 한다고 가르쳤다. 요즘으로 말하면 학문으로 배우는 것을 게을리 하지 말라는 의미도 가지고 있다고 봐야 할 것이다.

공자님을 중심으로 그의 제자들도 쓴 사서삼경(四書三經) 즉 《대학(大學)》, 《논어(論語)》, 《맹자(孟子)》, 《중용(中庸)》과 《시경(詩經)》, 《서경(書經)》, 《역경(易經)》은 공자님이 창시한 유교의 기본 경전이다. 특히 《논어》[14]는 스승이 죽은 후에 만들어졌는데, 전 세계인들의 베스트셀러의 하나가 되고 있다.

공자님은 예(禮)를 중시했으며, 천하를 주유하며 인(仁)의 사상을 전파시켰다. 그 결과 무려 3,000여 명의 제자들을 길러냈다. 중국 뿐 아니라 유교를 받아들인 조선도 이러한 경전을 바탕으로 국가를 통치했으며, 고급 관리를 선발하는 과거시험에도 유교의 경전에서 출제했다.

우리는 공자님의 다음 이야기를 통해서 더욱 더 세계 5대 성인의 사상을 이해할 수 있다.

공자가 제자들과 함께 정나라에 갔을 때, 어떤 사람이 동문 성곽 위에 서서 골똘히 생각에 잠겨 있는 공자를 보고 자공에게 말했다.

"당신 스승의 옷차림이 아주 궁색해 보여 마치 상갓집 개와 같구려."

이 말을 들은 자공은 그에게 벌컥 화를 내고는 나중에 공

---

14) 《논어》(論語)는 공자와 그 제자들의 대화를 기록한 책으로 사서의 하나이다. 저자는 명확히 알려져 있지 않으나, 공자의 제자들과 그 문인들이 공동 편찬한 것으로 추정되고 있다. 한 사람의 저자가 일관적인 구성을 바탕으로 서술한 것이 아니라, 공자의 생애 전체에 걸친 언행을 모아 놓은 것이기 때문에 여타의 경전들과는 달리 격언이나 금언을 모아 놓은 성격을 띤다. 공자가 제자 및 여러 사람들의 질문에 대답하고 토론한 것이 '논'. 제자들에게 전해준 가르침을 '어'라고 부른다. [위키백과]

자에게 그 이야기를 했다. 그러나 공자는 조금도 개의치 않고 도리어 빙그레 웃으며 말했다.

"나는 확실히 상갓집 개와 같다. 그의 말이 조금도 틀리지 않구나."

세계 4대 성인 중의 한 사람인 공자는 왜 스스로를 그토록 비하했을까? 상갓집 개란 '밥을 주는 사람은 있어도 돌아갈 집이 없다'는 뜻으로 천하를 떠돌아다니며 유세하는 공자를 비유한 말이다.

사마천[15]도 자신의 저서 《사기(史記)》에서 공자를 '상갓집 개'라고 불렀다. 그만큼 공자님은 외모와 초라한 생활에 신경을 쓰지 않고 겸양지덕을 실천했다.

공자님은 3세 때 아버지가 세상을 떠나 어머니 슬하에서 성장했다. 그는 어릴 적 동네 아이들과 놀면서도 나이는 어렸으나 늘 그 태도는 예절을 갖춤으로써 주위 어른들에게 모범생으로 보였다고 한다.

가난한 어머니 밑에서 공자는 학문하는 것을 즐거워했으

---

15) 사마 천(司馬遷, 기원전 145년경 - 기원전 86년경)은 중국 전한(前漢) 시대의 역사가이다. 산시 성 용문(龍門)에서 태어났다. 자는 자장(子長)이며, 아버지인 사마담의 관직이었던 태사령(太史令) 벼슬을 물려받아 복무하였다. 태사공(太史公)이라고 불리기도 했다. 후에 이릉 사건에 연루되었다. 이릉 장군이 흉노와의 전쟁에서 중과부적으로 진 사건에서 이릉을 변호하다 무제의 노여움을 사서 궁형을 받게 된 것이었다. 사마천은 《사기》의 저자로서 동양 최고의 역사가의 한 명으로 꼽히어 중국 '역사의 아버지'라고 일컬어진다. [위키백과]

며, 15세 이전에 이미 학문을 통해 큰 업적을 이룬다는 그러한 향학열에 불타 있었던 것이다.

또한 공자는 제사를 지내는 태묘에서 조그마한 직책을 맡았는데, 사실 그때도 제사를 지낼 때마다 그 지역의 역사를 많이 물어보고 다녔고 역사적인 제사 절차를 하나라도 놓치기 안타까워 계속해서 제사 의식을 배우는 것을 게을리 하지 않았다. 아마 그 때 공자라는 청년은 예를 배웠다고 봐야 할 것이다.

공자의 나이 24세에 그의 어머니께서 돌아가셨다. 어머니 밑에서 예의와 효도를 배웠던 그였기에 슬픔은 대단히 깊었다. 공자는 그 당시 관습에 따라 어머니 시신을 아버지의 묘와 합장하려 하였다.

그렇지만 공자는 한동안 아버지 묘가 어디 있는지를 알 수 없어서 수소문한 끝에 아버지 묘를 찾았고 다행히 아버지와 어머니를 합장할 수 있었다.

부모가 다 돌아가시고 난 후에 공자는 자신의 집을 서당으로 삼아서 수많은 제자들을 가르쳤다. 그 서당을 거쳐간 젊은이들이 앞에서 언급했듯이 3,000명이 넘는다고 하며 그 명성은 아주 멀리까지 퍼져 나갔다.

마침내 공자는 50세가 되어 고향의 관리가 되었다. 공자는 덕이 있는 임금을 만나 어진 정치를 베풀어 백성을 잘 살게 하려고 했으나 그 포부가 실현되지는 못한 것 같다. 56세에 자신이 태어난 노나라를 떠나 14년 동안 방랑을 하였다.

생명의 위협을 느낄 정도로 어려운 가운데 그 초라한 방랑은 그래도 공자에게는 더없이 중요한 깨달음을 갖는 시기였다. 그 오랜 방랑을 끝내고 고향으로 돌아온 공자는 마침내 자신의 생각을 수집하고 정리하는 일을 하기에 이른다.

공자가 제일 싫어하는 인간은 일하지 않는 인간, 효도하지 않는 인간, 예의를 모르는 인간이었다. 그리고 그 자신이 이러한 생각을 실천함으로써 제자들에게 깊은 존경을 받았다.

공자가 제일 싫어하는 인간은 일하지 않는 인간, 효도하지 않는 인간, 예의를 모르는 인간이었다. 그리고 그 자신이 이러한 생각을 실천함으로써 제자들에게 깊은 존경을 받았다.

공자의 나이 68세 때 그의 아들이 죽었다. 그때 공자는 땅을 치고 통곡하며, "하늘이 나를 죽이는구나! 하늘이 나를 죽이는구나!" 이렇게 탄식하며 공자는 아들의 죽음을 슬퍼하였다. 공자는 그 와중에서도 세상의 질서를 생각하고 사계절의 순환도 생각했으며 또 만물이 생장하는 것을 놓칠 수 없

었다. 그래서 그는 화창한 봄날 탄식을 멈추고 인의 사상과
예절 문화를 남겼던 것이다.

공자는 73세에 세상을 떠났다. 그는 죽은 후에 성인으로
추대되었다. 공자가 강조하는 예법이 현대 사회에서도 올바
른 질서를 위한 예의 터전과 같은 것이다.

공자님의 인이란 인간 중심의 사상을 말한다. 인간이라는
휴머니즘 틀 안에서 결국은 진실함과 성실성이 평화를 가져
온다고 문헌은 전하고 있다. 자신을 극복하고 예절로 돌아갔
을 때 우리 앞에 살신성인의 시대가 오고 학문과 덕행을 실
천하는 사람을 우리는 군자라 부른다.

넷째로, 희랍의 철학자 소크라테스16)다.

소크라테스는 "너 자신을 알라"는 말로
너무나 유명하다.

우리는 삶의 길목에서 방황하고 그 위치
감각을 잃어버릴 때가 많아 자신이 믿고 있

[소크라테스]

16) 소크라테스(그리스어: Σωκράτης, Socrates, 기원전 470년 경 – 기원전 399년
5월 7일)는 고대 그리스의 철학자이다. 기원전 469년 고대 그리스 아테네에
서 태어나 일생을 철학의 제 문제에 관한 토론으로 일관한 서양 철학에서 첫
번째 인물로 평가되고 있다. 그는 처음으로 철학적인 사고로 첫 번째 철학자
라고 한다. 소크라테스 이전의 철학자들을 소크라테스 이전의 철학자라고 한
다. 그의 죽음은 멜레토스, 아니토스, 리콘 등에 의해 '신성 모독죄'와 '젊은
세대들을 타락시킨 죄'로 기소당하고 기원전 399년에 71세의 나이로 사약을
마시고 사형을 당했다. [위키백과]

던 신념이나 지식, 또는 지혜가 갑자기 제자리를 잃고 혼란에 빠졌을 때 우리는 그 깨달음의 나무 밑에서 이런 생각을 할 것이다.

"너 자신을 알라." 이 말은 우리는 무엇을 해야 하고 어디로 가야 하는지, 그리고 인간의 목표가 무엇인지, 사회 또는 국가의 목표가 무엇인지를 분명히 깨닫게 할 수 있는 테마임에 분명하다.

자신을 알라는 말은 무슨 예언의 말이나 무속의 말은 아니다. 인간의 목소리를 찾으라는 것이다. 그 인간의 목소리는 어디서 오는가? 자신의 부모로부터 온다. 그리고 그 부모의 전단계는 어디서 오는가. 그것은 자신의 조상에게서 온다고 할 것이다.

그렇기 때문에 나라는 존재는 부모와 조상 없이는 존재할 수 없다. 나와 너는 이 세상의 주연과 조연이다. 때로는 주연을 맡고 때로는 조연을 맡으며 우리는 운명을 개척해 나간다.

어떤 사람은 운명의 희생양이 되기도 하고, 어떤 사람은 운명의 주인공이 되기도 한다. 그만큼 자신을 제대로 안다는 것은 자기 자신의 지혜의 눈을 올바르게 뜨라는 것과 같다고 할 수 있을 것이다.

어머니는 인간을 태어나게 하는 작은 신이다. 어머니의 몸은 그래서 작은 창조주라고 할 수 있다. 사람들은 여자를 존경하는 게 아니라 어머니를 존경하는 것이다.

인간과 세상에 위기의 순간이 올 때도 많다. 이 위기의 순간에 어떤 사람은 "오, 신이여!", 또 어떤 사람은 "오, 나의 어머니시여!"를 외치는데 그만큼 위기의 함정에 빠졌을 때 신이나 어머니를 부르는 것이 일반적인 현상이다.

어머니는 인간을 태어나게 하는 작은 신이다. 어머니의 몸은 그래서 작은 창조주라고 할 수 있다. 사람들은 여자를 존경하는 게 아니라 어머니를 존경하는 것이다.

이러한 시각이 결국은 모성애적인 시각으로 발전이 되고 그 모성애에 비친 세계가 가장 따뜻한 인간의 존재의 마을이 되는 것이다.

소크라테스는 세계를 움직이는 그 과학적 진리를 논리정연하게 설명한다. 우리 삶의 예상된 한계를 그는 진리의 이해를 통해서 아름다운 목소리를 내고 있다. 진리는 불가사의한 것이 아니다. 우리가 누구인지만 깨달을 수 있다면 진리의 상자를 우리 모두 열 수가 있는 것이다.

"배부른 돼지보다 배고픈 소크라테스가 되는 것이 낫다" 는 말은 우리가 학창시절에 많이 들어본 이야기이다. 현실적 으로 물질이 많고 먹을 것이 많은 돼지 인간형보다는 가난하 지만 철학적이고 진리를 추구하는 청소부 소크라테스가 낫다 고 볼 것이다.

우리는 이 말을 이렇게 해석할 수 있다. 배부른 돼지의 비참한 결과와 배고픈 소크라테스의 지적인 매력을 우리는 비교해 볼 수 있는 것이다. 이 지적인 매력은 곧 우리가 살 아가면서 지표로 삼아야 할 진리다.

진리는 개인적인 시선에서 공동체적인 확대 재생산이 필 요하다. 즉, 바꿔 말하면 진리는 자기 자신의 마음 속 상상 에 갇혀 있는 것이 아니라 세상 밖으로 나와서 많은 사람과 만나는 인격적인 만남이 필요하다고 소크라테스는 보았다.

여기에서 진리의 명제가 빛나는 이유를 찾아볼 수 있다. 진리의 끝에는 행복한 시간이 기다린다고 봐야 하는데 행복을 자기 자신 속에서 발견하면서 현재의 생활, 그리고 미래의 생활을 구상한다. 행복을 얻으려는 사람이 자기 자신을 알지 못하고 다른 사람을 훈계하려 한다면 그는 그릇된 사람이다. 모든 진리의 그릇은 자기 자신을 아는 데에서 찾을 수 있다.

아무리 높은 수양을 쌓는 사람들도 가장 기초적인 진리의 덕을 스스로의 노력에 의해서 갖춰야 할 것이다. 그리고 소크라테스는 이러한 말로 우리를 겸손하게 만든다.

"어려서 겸손해져라,"
"젊어서 온화해져라,"
"장년에 공정해져라,"
"늙어서는 신중해야 한다."

소크라테스는 이러한 겸손과 온화함으로 진리의 순간을 찾을 수 있다고 본 것이다. 그럼에도 불구하고 소크라테스는 신을 부정하고 그의 가르침으로 인해 젊은이들이 타락하게 되었다는 이유로 아테네 정부로부터 고소당했고, 자신의 신념을 포기하거나 아니면 독약을 마셔야 하는 선택을 해야 했다.

소크라테스는 자신의 신념을 포기하지 않았고, 결국 독이 든 잔을 건네받게 되었다. 독을 마시기 전 그가 슬픔에 빠진

동료들과 제자들을 향하여 자신의 영혼의 불멸에 대한 신념을 치분하게 설명하였다. 소크라테스는 안타깝게도 최후의 변론을 마치고 독주를 마신다.

소크라테스의 변명이라고나 할까, 이러한 사상을 플라톤이 소크라테스의 생애와 인격을 밝히기 위해서 이어받는다. 그는 소크라테스의 변명이라는 철학적 입장을 밝힌다.

소크라테스가 성인이 된 것은 위에서 말한 대로 여러 가지의 변론이나 또는 삶의 원형을 통해서 진리를 펼쳤다는 데서 기인한다. 우리는 그가 성인의 반열에 올랐다는 것을 알 수 있다.

다섯째, 빈자의 성녀 마더 테레사 수녀님이다[17].

마더 테레사 수녀님은 평생을 고귀한 삶을 살았고 더구나 노벨 평화상을 수상하였다. 전세계의 가난한 자의 벗이며 빈자들의 성녀로 추앙받는 마더 테레사는 지구촌 사

[마더 테레사]

17) 테레사 수녀(영어: Mother Teresa Bojaxhiu, 1910년 8월 26일 ~ 1997년 9월 5일)는 인도의 수녀로, 1950년에 인도의 콜카타에서 사랑의 선교회라는 천주교 계통 수녀회를 설립하였다. 이후 45년간 사랑의 선교회를 통해 빈민과 병자, 고아, 그리고 죽어가는 이들을 위해 인도와 다른 나라들에서 헌신하였다. 본명은 아녜저 곤제 보야지우(알바니아어: Anjezë Gonxhe Bojaxhiu)이다. 2016년 9월 4일 성인으로 시성되었다. [위키백과]

람들에게 많은 존경을 받고 있다. 특히 수녀님이 한국을 방문했을 때 그녀는 공항에서 무릎을 꿇고 한국의 땅을 껴안았다. 한국인을 사랑하고 한국 땅을 보호한다는 그러한 큰 사랑으로 그랬던 것이다.

수녀님은 1928년 아일랜드 수녀원에 처음 입회하였다. 그리고 1931년 정식 수녀가 되었다. 테레사 수녀는 이러한 사랑의 실천으로 우리 인류를 구제한다.

인류의 모든 사랑은 사랑으로 연결되어 있기 때문에 우리는 이러한 것을 찾아서 같이 동참해야 한다는 것이다. 그리고 우리는 그러한 사랑을 반대하는 세력들에게 증오나 무관심이 아닌 강렬한 사랑을 부여해야 한다는 것이다.

테레사 수녀는 그러한 사랑의 전파로 노벨 평화상을 받았으며, 그 상금으로 인도 시내에 사랑의 선교회라는 건물 매입을 하였다.

그 건물에서 죽음을 준비하는 사람들, 치료할 질병이 있는 사람들, 가족이 없이 괴롭게 고통 받는 사람들이 일정 기간 평안과 평화를 느낀다.

이 세상에서 태어나 의지할 곳이 없고, 천대 받으며, 삶을 지탱할 먹을 것이 없고, 마침내 소리없이 죽어가는 사람들이 얼마나 많은가? 누가 그들을 보살피는가? 테레사 수녀님은 이를 위해 솔선수범했다. 그러므로 수녀님은 지구촌의 성인으로 추대받기에 이르렀다. 테레사 수녀님이 돌아가신 지금도 수많은 지구촌 여행자, 또는 봉사자들이 그의 사랑과 헌신을 실천하면서 오늘도 우리들의 등불이 되고 있다. 1979년 마더 테레사 수녀는 노벨 평화상을 받았다.

1997년 9월에 테레사 수녀님은 눈을 감았다. 인도는 눈물바다가 되었다. 인도 정부는 그 날을 국상일로 선포하였다.

마더 테레사가 설립한 사랑의 선교 수녀회는 지금도 전세계의 모범적인 헌신, 봉사 단체로서 지구촌의 이상과 신념을 실천하는 커다란 등불이 되고 있다.

우리는 그러한 사랑을 반대하는 세력들에게 증오나 무관심이 아닌 강렬한 사랑을 부여해야 한다

"세상에는 빵 한 조각 때문에
죽어가는 사람도 많지만,
작은 사랑도 받지 못해서
죽어가는 사람은 더 많다.

얼마나 많이 주는가 하는 것은 중요한 것이 아닙니다.
작더라도 그 안에 얼마만큼 사랑과 정성이 깃들어 있는가
가 중요합니다.
저는 결코 큰일을 하지 않습니다.
다만, 작은 일을 큰 사랑으로 행할 뿐입니다."

    우리는 이상에서 지구촌의 5대 성인의 삶을 살펴보았다.
국경과 한 일이 다르지만 그 분들은 하나같이 평화를 위해
헌신했다. 그 분들은 평화의 사상가요, 실천자였다. 평화야말
로 인류의 교과서다.

[그림; 알렉스 차베스의 '게르니카']

지구촌 (Global village)의 미래

인간 위에 인간이 없고 인간 아래에 인간 없다는 법전이
결국 인권 선언으로서 나타나게 되었으며 이것은 지금의
지구촌을 형성하는 큰 계기가 되었다.

우리 인류가 오랫동안 이뤄왔던 법과 도덕은 사실 평화를
위한 집대성이었다고 봐야 된다. B.C. 1700년도 함무라비
법전18)으로부터 시작된 인간의 권리와 의무에 대한 규율은
지금의 현대적 헌법에 이르기까지 그 모두가 인간의 자유와
평화를 유지하는 커다란 수단이 된 것이다.

1789년 프랑스 혁명을 통해 나타난 인권 선언은 그러한
인간의 자유와 평화에 대한 의지의 대단원이었다. 프랑스 혁
명은 시민의 혁명, 자유와 평화, 그리고 평등과 박애를 이념
으로 하여 프랑스에서 부르봉 왕조를 무너뜨리고 국민의회를

---

18) 함무라비 법전(- 法典, 영어: Code of Hammurabi)은 기원전 1792년에서 17
50년에 바빌론을 통치한 함무라비 왕이 반포한 고대 바빌로니아의 법전이다.
아카드어가 사용되어 설형문자로 기록되어 있다. 우르남무 법전 등 100여년
이상 앞선 수메르 법전이 발견되기 전까지 세계에서 가장 오래된 성문법으로
알려져 있었다. [위키백과]

연 위대한 사건이었다.

그 당시 프랑스는 유럽에서 가장 인구가 많았으며, 이러한 인구 정책은 곧 식량 정책으로 이어졌어야 마땅한데, 그 당시 식량 보급이 원활하지 못했다. 세력을 넓히던 부르주아 층만이 대부분의 권력을 차지했기 때문이다.

이 때 억눌려 있던 농민들은 이러한 상황을 심각하게 인식했다. 논밭에서 종일 그리고 매일 뼈빠지게 일해 봐야 돌아오는 것은 빈곤 뿐 일 때 농민들이 어찌 분노하지 않을 수 있었겠는가? 농민들을 중심으로 착취와 불평등의 원흉인 봉건제도를 철폐해야 한다는 생각을 광범위하게 굳히게 된다.

마침내 프랑스는 1787년에서 1799년 사이에 인간이 누려야 할 마땅한 평등 시민정신과 평화 권리 선언을 동시에 발표하게 된다. 프랑스 혁명은 역사적으로 유럽 사회 전체에 자유와 평화, 평등사상을 전파하는 큰 계기가 되었다. 또한 이것은 인류 전체에 압제를 무너뜨리는 데는 혁명이 최고라는 대의명분을 제공했다.

인간 위에 인간이 없고 인간 아래에 인간 없다는 법전이 결국 인권 선언으로서 나타나게 되었으며 이것은 지금의 지구촌을 형성하는 큰 계기가 되었다. 이러한 일련의 과정이 인류 스스로 인류 정신을 가지고 그 휴머니즘을 널리 실천해야 되겠다는 확신을 불어넣었다. 오늘날 대부분의 국가가 평화를 누리는 것도 프랑스 혁명의 공헌에 힘입은 바 크다.

물론 지구촌은 지금도 분쟁 상태 또는 국지적인 게릴라 상태들이 유지되고 있는 것은 사실이다. 그러나 우리 인간이 지배하고 있는 이 지구촌은 그래도 평화 세상이라고 보는 것이 맞다고 할 것이다. 지금은 전쟁의 시대가 아니고 평화의 시대다. 요즘 인류가 전쟁으로 살상을 자행하는 시간보다는 평화로 화목을 누리는 시간이 훨씬 많지 않은가?

우리가 말하는 평화로운 도덕적 가치를 지니고 매일매일 선행을 실천했을 때 인간적인 모습, 평화로운 모습으로 변한다

인간이 진정으로 평화를 향유하기 위해서는 소크라테스나 공자의 성선설을 원점에서 다시 분석하는 것도 필요하겠다.

왜냐하면 인간의 마음속에는 선한 마음과 악한 마음이 공존하고 있기 때문이다. 선한 마음이 지구를 지배했을 때는 평화의 시대가 오는 것이고, 악한 기운이 지구를 지배했을 때는 전쟁과 공포의 시대가 온다고 봐야 할 것이다.

그러나 우리 인간은 이제 세계화(globalization)의 다리를 건너는 공동체적인 운명을 가지고 있다. 그 다리는 완강한 평화의 다리다. 그 다리가 만약 출렁거리고 불안한 건축이 되었다고 가정해보자. 인간은 그 다리를 건널 때 얼마나 많은 공포를 가져야 할 것인가?

얼마 전 열렸던 지구촌 다보스 회의(World Economic Forum)[19]에서도 논의되었던 주요 내용이 '인간이 인간의 얼굴을 해야 된다.' 그리고 '인간은 평화적인 모습을 지녀야 한다'라는 것이었다. 여기서 말하는 인간의 얼굴은 무엇을 말하는 것인가. 그것은 인간 양심의 얼굴을 말한다.

흔히들 사람들은 40살이 넘으면 얼굴에 자신의 살아온 흔적이 나타난다고 한다. 어떤 사람들은 대단히 평화로운 얼굴을 하는 사람이 있는가 하면 어떤 사람들은 찡그리다 못해 굉장히 불만 섞인 얼굴도 있다.

인간이 스스로가 자신의 얼굴을 만드는 창조자인 것이다.

---

19) 전세계 각국의 정계, 관계, 재계 유력인사와 언론인, 경제학자 등이 세계 경제의 현안과 경제 문제에 대한 각종 해법 등을 함께 논의하기 위해 1971년 하버드대 경영학 교수 클라우스 슈밥이 창립한 포럼이다. 매년 1월 스위스에 위치한 고급 휴양지인 다보스에서 연차회의를 개최하는데, 개최지 이름을 따서 다보스포럼이라고도 한다.
다보스 연차회의는 각국의 주요 인사들이 서로 모여 머리를 맞대고 해당 현안에 대하여 패널, 참가자와 토론을 하거나, 각자가 비밀리에 모여 크고 작은 미팅을 하는 자리이기도 하다.
'세계경제올림픽'으로 불릴 만큼 권위와 영향력이 있는 유엔 비정부자문기구로 성장하면서 세계무역기구(WTO)나 서방선진 7개국(G7) 회담 등에 막강한 영향력을 행사하고 있다. 2000년대 들어서는 경제 뿐만 아니라 정치, 사회, 문화 등 각 분야의 현안 등을 함께 다루고 있는지라 비정부기구의 지도자 등 해당 의제와 관련 인물도 자주 초청되며 세계의 이목을 끌기 위해 영향력이 높은 연예인 등도 초청된다. 일 주일간의 회의 동안 초대된 인사는 한 해에 약 2500여명 정도였다. [위키백과]

그러므로 우리는 우리가 말하는 평화로운 도덕적 가치를 지니고 매일매일 선행을 실천했을 때 인간적인 모습, 평화로운 모습으로 변한다는 것은 기정사실이다.

다보스 포럼은 세계 경제 포럼으로 알려져 있다. 스위스 다보스에서 개최되는 유럽 경제인 단체 포럼은 이제는 세계적인 저명인사들이 참여하는 글로벌 포럼이 된 것이다. 일주일 간의 세계적인 인사들의 연설과 토론, 그리고 평화적인 사교 모임이 연속해서 이뤄진다.

이 포럼은 1971년 하버드 대학교 클라우스 슈밥 교수[20]가 창립하였다. 그 이후에도 2002년도 뉴욕 911테러에 맞서 다보스 포럼은 스위스보다는 뉴욕에서 열렸는데 역시 그 권위와 영향력으로 인해서 세계 주요 국가 원수들이 참여하였고 세계 경제 정책의 전망과 그 세계화를 주도하는 시장 개혁 세력 그리고 개방적인 평화 모임이라는 찬사를 받고 있다.

그러나 이 다보스 포럼에 참가하려면 매출액 일정 이상이 되어야 하고 세계적인 대기업 계열에 끼어야 한다. 즉 바꿔 말하면 세계적인 경영 심포지움이다. 세계 각국의 정상 그리

---

20) 클라우스 슈바프(독일어: Klaus Schwab, 1938년 3월 30일 ~)는 독일 태생의 스위스 경제학자이다. 1971년 ~ : 세계 경제 포럼 회장, 이스라엘 벤구리온 대학교 명예교수를 역임하였으며, 1972년 ~ 2002년: 스위스 제네바 대학교 기업정책과 교수와 1996년 ~ 1998년: 유엔 개발 계획 부의장을 맡기도 하였다. [위키백과]

고 장관 제계인사들이 세계경제와 평화시대에 관해 논의를 한다. 이는 세계경제가 결국 평화 공존의 분위기 속에서 경영 목표가 달성된다는 증거다.

아무리 유능한 세계 경제학자도 결국 평화가 무너지는 도시 경제 속에서는 새로운 경제 지표를 낼 수가 없다. 그만큼 세계적인 포럼이 지향하는 결정적인 목표는 바로 평화이다.

우리는 지구촌의 당면한 과제가 지속가능한 발전으로 생각하기 쉽다. 그러나 인류는 평화적인 조약 없이 인간의 존엄과 가치를 유지하면서 지속적인 발전을 기대할 수가 없다. 평화야 말로 인간의 존엄을 유지할 수 있는 발판이요 기둥이다.

우리가 사는 마을에 평화를 지키는 파수꾼이 어디에나 존재한다. 가령 어느 마을이든 파출소와 경찰이 없다고 생각해 보자. 위험한 시간과 불안한 공포가 5분 이내에 신속하게 경찰이 출동하지 않는다면 살상과 파괴로 이어진다. 그렇게 되면 평화는 산산조각이 나고 만다.

우리는 스스로 세금을 내서 평화 유지를 위한 경찰을 곁에 두고 싶어 한다. 결국은 평화를 깨는 것도 인간이고, 평화를 지키는 것도 인간이다. 평화를 깨는 인간들에 대한 평화를 지키는 인간들의 부단한 노력이 인간 역사의 핵심이요 본질이라고 말할 수 있다.

인간은 신화의 존재가 아니라 노력과 실천의 존재이다. 평화를 향한 진취적인 윤리의식과 규범을 앞세우고 평회를 파괴하려는 세력에 대항하여 평화를 지키는 자세야말로 인간에게 주어진 사명이요 존엄한 권리다.

지난 몇 천년 동안 지구촌은 1, 2차 세계대전 또는 많은 사람들을 죽음으로 이끌었던 흑사병, 각종 바이러스를 이겨 냈다. 우리 인간들은 지금도 지구라는 행성의 주인공이다. 이 주인공은 바로 역사의 주체이기도 하다.

그러나 지구의 주인공이 인간으로 알았던 그 이전의 시기에는 사실 지구를 지배한 것은 무서운 공룡이었다. 지금 박물관에 놓여 있는 공룡의 뼈 화석이 없었다면 아마도 우리는 이러한 무서운 동물이 있었다는 것조차도 까맣게 잊고 있었을 것이다.

공룡은 쥬라기 공원과 같은 영화의 이야기가 아니다. 그것은 실제적으로 존재했고 지구촌을 지배했던 주인공이었다. 육지를 지배한 육룡, 바다를 지배한 해룡, 그리고 하늘을 지배한 비룡들이 지구촌 그 어떤 동물들이라도 다 물리치고 지구의 주인공으로 살았다.

그럼에도 불구하고 아이러니하게도 공룡은 어떤 계기로 한 순간에 멸망하였다. 공룡들은 애초에 초식성 동물이었을 것으로 보인다. 학자들은 공룡의 사회에서 이어지는 그 평화의 규율이 깨져서 결국 육식동물이 연약한 초식동물을 잡아 먹음으로써 살상과 비극을 만들어 냈다고 분석한다.

우리 한국에서도 공룡 발자국이 발견되면서 공룡에 관한 관심이 남녀노소 가릴 것 없이 대단히 높다고 할 수 있다. 공룡과 인간이 공존할 수 없는 엄청난 힘의 차이로 공룡은 오랫동안 지구를 지배했고 어느 날 갑자기 사라지게 된 것은 역사적인 사실이다.

일부 학자는 과연 인간도 공룡처럼 어느 날 갑자기 사라질 지도 모른다는 가정을 하고 있다. 그들은 지구 멸망의 시기를 만들어 예측하기도 한다. 미래학이라는 학문이 있는 이상 그러한 예측을 우리가 소홀히 취급할 수만은 없겠다.

지구의 멸망설은 공포를 수반한다. 물론 그런 일이 있어서는 안 되겠지만 지구촌 멸망의 첫 번째 근거는 지구를 파멸시킬 수도 있는 핵무기다.

핵전쟁은 핵무기가 핵무기를 불러들임으로써 인명의 살상을 극대화하고 지구촌의 모든 생명체를 오염시켜 제2차, 제3차 피해를 유발한다. 그럼으로써 지구촌은 거대한 죽음의 계곡으로 돌변할 수 있다.

또 하나 멸종에 이르는 방법은 바이러스의 공격이라 볼 수 있다. 바이러스의 진화적 변화가 지금 지구촌의 생명체를 완전히 제거시킬 수도 있는 무서운 내부의 적일 수 있다. 더구나 인간이 생물무기로써 악성 바이러스를 생산하고 또 변종을 만들이 냄으로써 지구촌을 황폐화할 수 있다. 코로나 바이러스가 세계를 공포에 빠뜨리고 있는 이유는 여기에 있다.

세 번째 멸망의 조건으로는 천체 우주에 떠다니는 소행성과 지구가 충돌할 수 있다는 이론이다. 지구가 이렇게 아름답게 동식물이 살 수 있는 것은 태양이라는 광합성에 원인이 있기 때문이다. 이러한 태양 빛을 가로막는 사건이 소행성과 지구가 충돌하면서 일어날 수 있다.

이 이론은 엄청난 폭발과 먼지 구름이 약 3년 동안 떠다니면서 지구촌의 많은 식물의 열매, 바다의 고기 그 모든 것을 다 죽임으로써 결국 마지막 포식자라는 인간도 역시 죽음을 맞이한다고 설명한다.

우리 인간이 지구촌에서 공룡처럼 멸망하지 않고 오랫동안 존속해야 한다는 핵심 사상은 바로 평화이다. 개인과 개인의 평화, 이웃과 이웃의 평화, 그리고 국가와 국가 간 평화가 확실하게 이루어 졌을 때 지구촌이라는 환상적인 아름다운 별동네는 아마도 오랫동안 지속될 것이다.

인간은 지구촌을 지키고 스스로 자신을 지키기 위해 평화를 영원한 화두로 삼고 최선의 노력을 기울여야 한다.

PART **3.**

평화와 사랑

『기독교에서 말하는 사랑의 개념은 곧 믿음의 개념이자, 평화의 개념이다. 좋은 신앙이라는 의미는 우리는 얼마나 그 집단에서 사랑과 평화를 얻을 수 있느냐에 따라서 많은 영향력을 미친다.

기독교적인 사랑이라는 텍스트는 지금도 우리 시대에 굵직한 개념으로 받아들여지고 있다.』

기독교 사상에 흐르는 평화와 사랑

경제성장과 아울러 영적 성장이 이뤄진다면 지구촌에는
평화와 사랑의 느티나무 그늘이 형성될 것이다.

우리 인간들에게 신앙이란 무엇일까. 자기의 중심생각을
어떠한 종교적 믿음에 집중하는 것이기도 하다. 우리는 어떻
게 하면 그 복음의 중심에서 세상과 소통할 수 있을까. 어떻
게 하면 기독교인이 기독교인답게 세상을 살아갈 수 있을까.
이것은 우리의 미래이기도 하며, 기독교의 미래이기도 하다.

기독교에서 말하는 사랑의 개념은 곧 믿음의 개념이자,
평화의 개념이다. 좋은 신앙이라는 의미는 우리는 얼마나 그
집단에서 사랑과 평화를 얻을 수 있느냐에 따라서 많은 영향
력을 미친다.

기독교를 분석하는 외국의 학자들이 말하는 이슈에 관해
서 많은 생각을 하고 통계수치를 내지만 기독교적인 사랑이
라는 텍스트는 지금도 우리 시대에 굵직한 개념으로 받아들
여지고 있다. 이는 매우 신빙성 있는 데이터이기도 하다.

사랑이라는 충실한 생각으로 인해서 많은 사람들은 현재와 미래에 더욱더 희망을 가지고 살아가는지도 모르겠다. 그 사랑을 이끄는 좋은 신앙이란 평화적인 질서를 말하기도 한다.

평화적인 질서라는 것은 세상의 나쁜 영향을 올바른 방향으로 잡아가는 데에서 큰 의의가 있다고 봐야 할 것이다. 그리고 우리는 이러한 사랑과 평화의 실천 속에서 하느님이 처음 창조하신 모습 그대로 풍요로운 생명교육을 할 필요가 있다. 세상에서 가장 많이 팔린 책이 알다시피 성서이다. 이런 기독교 바이블이 전세계 젊은이들과 그 세대변화에 엄청난 영향을 미쳤다고 봐야 할 것이다.

전세계의 지도자급 리더들도 성경의 영적인 영향을 많이 가지고 있다. 그것은 각 나라마다 성장하는 GNP속도와 비례한다고 봐야 한다. 경제성장과 아울러 영적 성장이 이뤄진다면 지구촌에는 평화와 사랑의 느티나무 그늘이 형성될 것이다.

기독교의 미래를 연구하는 사람들 중에는 세상 속에서 어떠한 영향력을 미쳐야만 지구촌 인간들의 사랑과 행복을 보장할 수 있을까. 그것을 연구하고 교육하는 공동체가 많이 있지만 역시 교회의 영향력 있는 리더들이 걸어가야 할 길은 사랑과 평화라는 좋은 열매를 맺는 것을 목표로 하고 있다.

사랑과 평화라는 도덕적인 열매들이 무럭무럭 성장되었을 때, 방황하는 많은 젊은이들이 신앙의 갈림길에서 새로운 이슈를 받아들이면서 전세계가 복음화 되어가는 것을 우리는 눈 여겨 볼 필요가 있다.

우리 시대의 이해의 폭을 넓히기 위해서는 누구나 종교를 떠나 성경을 읽어 보고 실천하는 자세가 필요하다. 전세계 사람들이 가장 많이 읽는 책이 성경이라는 의미는 어떠한 가정, 결혼, 생명 앞에서도 매우 떳떳하기 때문이다.

그러한 친밀함과 진실됨 없이 우리가 어떻게 기독교적인 미래를 점칠 수 있을 것인가. 새로운 세상 속으로의 교회의 역할이란 무엇인가. 충실한 성도자의 자세가 어떠한 변화를 이끌어 낼 것인가. 우리는 이러한 생각 앞에서 유연하게 추수를 해야 할 필요가 있다.

지금의 현재 상황을 일부 미래학자들은 후천 세계라는 말을 한다. 선천 세계가 전쟁과 갈등의 시대였다면, 후천 세계는 평화와 사랑의 시대가 될 것이라 점치는 사람들이 많다. 우리는 1, 2차 세계대전을 통하여 인간이 인간을 상실해버리는 무력감에 빠지기도 했으며, 결국은 그 틈바구니 속에서 평화 십자군들이 등장할 수 있을 수밖에 없는 현실이 되었다. 우리의 확신은 이웃을 존경과 애정으로 대해야 하며, 지금도 이어지고 있는 후천 세계에서의 주역은 종교적 자유보다는 종교적 복음화가 먼저 앞서야 할 것이라 보고 있다.

선천적 세계가 봄과 여름이라면, 후천적 세계는 가을과 겨울이라 볼 수 있다. 선천 시대에 씨를 뿌린다면 후천 세계에는 당연히 추수를 해야 할 것이다.

그러나 선천 시대에 씨를 뿌리지 않고 독사를 가득 가지고 있다면 이는 명료하게도 후천 세계에서는 아무 이득이 없는 걸림돌로만 작용할 것이다. 즉 다시 말해서 선천 시대에서는 세상을 두려워하거나 까다로운 교육방식을 벗어나 사랑과 평화라는 씨앗을 먼저 뿌려야 한다. 그리고 후천 세계에는 이러한 의미심장한 세상의 동향을 사랑과 평화라는 열매로 거두어 들여야 마땅할 것이다.

이웃 일본에서 '기독교를 다시 묻다21)' 라는 책이 언젠가 센세이션을 일으킨 적이 있다. '도이 겐지'라는 작가가

---

21) 이 책은 일본을 대표하는 신학자 도이 겐지의 '기독교를 다시 묻다'는 기본에 충실한 책이다. '원점에서 생각과 믿음을 정리하는'이란 부제가 달렸다. 우리보다 수십년 먼저 복음이 전해졌지만, 일본에서 기독교는 여전히 외래 종교다. 이 책은 그런 일본 대학생들에게 기독교를 이해시키려는 의도로 서술됐다. 저자가 대학에서 기독교를 가르치며 학생들에게 받았던 가감 없는 질문들에 대한 대답이다. '평화를 말하는 기독교가 왜 전쟁을 일으켰나' '기독교가 말하는 사랑이란 무엇인가' '신이 정말로 존재하는가. 존재한다면 그 신은 어떤 분인가' 등의 물음에 대해 정직하게 답하고 있다. 저자는 "기독교 그 자체는 전쟁을 일으키는 종교가 아니다"라고 말한다. 저자는 서문에서 "패전 이후에 태어난 일본인이, 중국이나 한반도에 가했던 일본의 침략 전쟁을 우연한 그때의 잘못이라고 답해도 전쟁 그 자체를 부인할 수 없다"면서 "십자군을 일으켜 큰 죄를 범한 것이 기독교였다는 것 또한 사실"이라 인정한다. [위키백과]

쓴 '기독교를 다시 묻다' 라는 책을 보면서 우리가 느끼는 것은 이제 기독교는 하나의 종교적 신앙을 넘어서 기독교라는 배경으로 평화의 질서를 찾는 새로운 시선을 묻고 있는 것이다.

이러한 평화적인 견해가 결국 이웃 나라와의 갈등을 없애고 비기독교인들이 기독교 사랑에 관한 정서와 부합하는 아주 좋은 예증이라 볼 수 있다.

그만큼 기독교인들은 성실한 역사적 대응 앞에서 포기하지 않고 사랑과 평화라는 언급된 내용을 지금 이 시간까지도 우리에게 질문하고 있다. 기독교의 사랑은 신에 대한 물음과 답변으로 표현할 수 있다. 그것은 새롭게 평화적 부활을 의미하기도 한다.

───────────

우리 시대에는 사랑과 평화의 부활만이 세계사적인 질서를 회복할 수 있는 것이다.

───────────

어쩌면 사랑과 평화는 새의 양 날개처럼 가장 이상적인 날갯짓일 수 있다. 새의 양 날개가 가장 힘차게 파닥이는 경우는 어느 한 쪽도 무게가 실리지 않고 서로 대칭점을 갖는 가벼운 균형 속이다.

그 속에서 새는 가장 행복하게 양 날개를 펄럭일 수 있다. 우리는 사랑과 평화를 이분법적으로 풀어볼 수 있다. 그만큼 우리 시대에는 사랑과 평화의 부활만이 세계사적인 질서를 회복할 수 있는 것이다.

이제는 전쟁의 시대가 아니고 평화의 시대라는 질문과 답변에 어느 누구도 반대할 수가 없을 것이다. 전쟁의 시대는 가고 평화의 시대가 올 것이다. 기독교적인 사랑이라는 교과서적인 내용이 우리들에게 정말 친밀하게 다가오기를 바란다.

무엇보다도 기독교를 향한 시선이 내 개인적인 이익에 상반되는 견해보다는 이제는 사회를 포용하고 시대를 리드할 수 있는 친화적 분위기가 우리에게 다시 기독교는 무엇인가, 그리고 기독교의 사명과 같은 것을 질문하고 있다. 나는 서슴없이 답변할 수 있다.

기독교적인 사명에서 가장 중요한 실천 명목은 결국 사랑의 실천과 평화적 상태를 유지하는 것이라고 할 수 있다. 그만큼 사랑과 평화는 어떠한 저울에 재도 그 무게가 똑같다고 봐야 할 것이다.

기독교가 인류에게 미친 평화

**기독교가 대중의 인기를 끈 것은 무엇보다도
사회 기강을 세우는 데에 있어서 가장 기본적인
평화라는 탑을 먼저 세웠기 때문에 가능한 것이었다.**

기독교가 인류 역사상 끼친 영향중에서 가장 큰 사상은 평화라고 볼 수 있다. 그만큼 기독교 역사는 핍박과 해방의 역사였으며, 이 과정에서 노예제 폐지 운동이나 신분차별철폐운동이나 흑백인종 차별문제라던가. 여러 가지 동물학대 방지 노력 등 이루 헤아릴 수 없는 사회역사적 현상의 그 이면에는 기독교라는 커다란 종교적 영향이 있었음을 우리는 모두 알고 있다.

미국 역사학회장을 지낸 케네스 라토렛[22]은 인류 역사에서 기독교 역사만큼 큰 영향을 끼친 단일 세력은 존재하지

---

22) 케네스 스코트 라토렛(Kenneth Scott Latourette) ; 예일대학 선교부 파송으로 중국 선교사를 지내고, 예일대학에서 선교와 동양역사 교수를 역임하였다. 그는 「기독교 확장사」에서 구속사를 역사의 주축으로 이해하는 독특한 선교사관를 바탕으로, 제도권 교회보다 우선적으로 소수 선각자운동에 의해 선교운동이 확산되고, 후에 제도권 교회의 선교에의 각성으로 변혁의 촉매제가 된다고 하였다. [위키백과]

않는다 했다.

그만큼 기독교는 지구촌 역사에서 가장 평화로운 단일 세력이라고 우리는 알 수 있다. 그들은 평화가 없을 때 평화를 주장하였고, 자유가 없을 때 자유를 외쳤으며, 평등이 없을 때 평등을 외쳤다. 그 과정에서 많은 선교자들이 희생당했으며, 또 수많은 박해를 당했다.

그 과정에서도 그들은 나쁜 세력에게 꺾이지 않고 영원한 평화를 위하여 잠시 침묵했을 뿐 기독교인들은 항상 역사 속에서 살아 있었다.

기독교가 인류 생활에 미친 영향력 중에서 문명개혁을 들 수 있는데, 이는 역사상 개척자들이 이끄는 가장 큰 이데올로기가 문명을 어떤 방향으로 개혁해야 하는가라는 과제를 안고 있었다. 물론 여기에는 문명과 문화라는 이분법적인 현상에 고민을 그치지 않고 평화라는 변화로 항상 걸어 나갔다.

기독교가 대중의 인기를 끈 것은 무엇보다도 사회 기강을 세우는 데에 있어서 가장 기본적인 평화라는 탑을 먼저 세웠기 때문에 가능한 것이었다.

집을 지을 때 집의 안전을 위해서 대들보가 필요하듯이, 평화라는 대들보를 기독교인들은 사회의 기강을 세우는 데에 활용하였던 것이다. 다음으로 생명 존중 사상을 들 수 있다.

성탄절 날 산타클로스를 태우고 달리는 사슴이나 순록을 한 번 떠올려보자. 얼마나 평화로운 행진인가를 우리는 봐야 한 다. 산타클로스가 타고 가는 그 썰매는 그들이 희망이라는 세상을 향해서 달리는 평화로운 행진인가를 우리는 상상 할 수 있다.

생명 존중이라는 면에서 우리는 시대의 가치관을 존중하 면서 평화라는 성찬을 항상 즐기기를 주저하지 않는다. 사회 적으로 낙태 문제가 나왔을 때도 항상 기독교에서는 그 여성 의 인권과 뱃속 태아의 생명 사상을 아주 귀중하게 또는 동 일하게 생각하였다.

인류 역사에서 이토록 다방면에 큰 영향을 끼친 사상가나 종교주의자들은 대체로 선교사 출신이 많다. 인류에게 착하 고 아름다운 선한 열매를 무한정 공급할 수 있는 에너지가 바로 사랑이라는 능력에서 나온다고 볼 수 있다. 인류 역사 에서 가장 많이 팔린 책은 모두가 알다시피 성경23)이다.

---

23) 유대교와 기독교의 경전 문헌 모음집이다. 유대교에서는 타나크 정경(구약) 책들을 경전으로 하고, 기독교에서는 예수의 부활·승천 이후 집필된 책들을 신약으로 추가하여 경전으로 삼고 있다. 국어사전에 의하면 성경(聖經)은 넓 게는 종교 일반의 책에 대해서도 말할 수 있지만 그리스도교의 책에 대해 쓰 인다. 기타 한자 문화권에서도 성경이란 단어를 기독교의 경전만을 가리키고 있으며 다른 종교의 경전은 고유 명사(쿠란, 베다 등)으로 지칭하고 있다. 영 어의 Bible은 이집트의 파피루스와 어원이 같다. 당시 서적이 동물의 가죽을 나무막대 등에 한 면에만 글을 쓰던 형태와, 지금의 책과 비슷하게 양면에 글을 쓰는 형태가 있었으나 지금의 책과 비슷하게 만들던 것이 파피루스다. 영어의 Bible은, 이 파피루스를 당시 전 세계로 수출하던 페니키아의 비블로 스(Byblos)라는 도시에서 따왔는데 Bible을 직역하면 '서적(書籍)'이 된다. [위

성경이란 유대교와 기독교의 신성한 내용을 집대성한 책을 말하는데, 성경을 다른 말로 말하면 성서라고 할 수 있다. 기독교는 크게 구약성경과 신약성경으로 나뉘는데, 이 모두가 거룩한 인류 평화를 위한 내용이 주를 이루고 있어 성경은 전세계 국가에서 교과서적인 가치가 있다 볼 수 있다.

사랑의 맨 마지막은 평화라고 결론 지을 수가 있다.

기독교의 가장 큰 에너지 원천은 사랑이라는 메시아라 볼 수 있다. 불교에서 가장 큰 테마가 자비 사상이라면, 기독교에서는 사랑의 서약이라고 볼 수 있다.

그만큼 기독교에서 사랑을 강조하는 원인은 첫 번째로는 사랑은 인간과 인간을 연결하는 가교 역할을 하는데, 이는 사랑을 주고받는다는 의미가 곧 너와 내가 평화롭게 접근하고 있다는 것을 의미한다.

그만큼 사랑이라는 테마는 남녀노소 흑백 인종과 상관없이 아주 중요한 주제임에는 분명하다. 이 세상의 소설, 영화들이 사랑을 주제로 한 작품이 대다수라 봤을 때 사랑의 신

키백과]

비로운 힘은 어느 누구든 거역할 수가 없다.

그래서 사랑은 이 세상에서 가장 아름다운 인간의 행위이
며, 또한 결과이다. 그렇다면 사랑의 맨 마지막은 평화라고
결론 지을 수가 있다.

왜냐하면 평화라는 그 말뜻에는 서로가 보살피고 서로가
아껴주는 박애주의적 사랑이라는 커다란 생각을 담고 있는
것이다. 사랑은 이 세상의 모든 사건, 모든 어려움, 모든 찬
란함을 함께 담아내는 큰 그릇이라 볼 수 있다. 사랑은 곧
평화이다.

만다라 속에 흐르는 평화

만다라를 보면서 우리는 현실에서 일어날 수 없는
불가능한 생각이 만다라 그림 속에 기본적인 차원을 넘어
가능성 있는 현실로 승화되어 가는 것이 대단히 위대하다

나는 하나님을 받드는 기독교를 깊이 이해하며, 주로 기
독교의 목사님들과 함께 한미친선연합회 활동을 해왔으며 스
님도 참여했다. 그러면서도 나는 한미친선연합회가 굳건한
한미동맹을 바탕으로 평화를 추구한다는 점에서 평화의 원리
가 물씬 풍기는 불교에도 관심을 갖고 있다.

만다라(mandala)[24]는 불교 용어요 원리다. 그것은 둥근

---

24) 만다라(曼茶羅, 산스크리트어: मण्डल, मंडल Maṇḍala, 원, 영어: Mandala)는 다양
한 개체를 지칭하는 용어이다. "만다라"라는 낱말 자체는 "원(圓 ·circle)"을 뜻
하는 산스크리트어 만달라(मण्डल Maṇḍala)를 음을 따라 번역한 것이다. 만다라
는 원래는 힌두교에서 생겨난 것이지만 불교에서도 사용된다. 주로, 힌두교의
밀교(탄트리즘 · Tantrism)와 불교의 밀교(금강승 · Vajrayana)의 종교적 수행
시에 수행을 보조하는 용도로 사용하는, 정해진 양식 또는 규범에 따라 그려
진 도형을 가리킨다. 힌두교와 불교의 전통에서, 만다라의 기본 형태는 사각형
의 중심에 원이 있으며 사각형의 각 변의 중앙에 한 개의 문이 있는 형태로,
이 때 각 문은 주로 영어의 티(T)자 모양을 한다. 당나라 현장 이후의 번역인
신역(新譯)에서는 취집(聚集)이라고 한역하였다. 한편, 만다라를 윤원구족(輪圓
具足)이라 번역하기도 한다. 한편, 불교에서, 만다라 꽃은 연화(蓮花)를 가리키
며 불상 앞에 놓인 제단을 만다라라고도 한다. [위키백과]

원을 뜻하기도 한다. 사상적으로 또는 불교적으로 어떠한 불규칙적인 것을 형성하면서 나중에는 ㅡ 형성된 요소요소가 하나로 완전하게 성립된 것을 말하기도 한다.

불교의 깨달음에서 얻은 부처의 내면세계를 주로 표현하는 이 만다라 그림에서 우리는 하나의 원형을 중심으로 해서 상하좌우가 대칭이 되도록 여러 가지 실상과 허상을 질서정연하게 배치하는 것을 볼 수 있다. 이러한 질서정연함을 상징하는 그림이 부처라는 것을 깨닫는 성불의 과정일 수도 있다.

일부에서는 이러한 만다라를 주술적인 의례로 보면서 대단히 신비로운 요소를 강조하기도 한다. 모든 신비스러운 것은 사람들의 호기심을 촉발한다. 불교 신자가 아니라도 만다라에 대해 관심이 있는 사람이 적지 않은 이유는 여기에 있다.

만다라라는 그림의 체계는 소승보다는 대승 사상25)을 더 강조하고 있는 것이다. 우리는 만다라 그림을 보면서 더욱더 확대된 우주, 붓다의 힘, 그리고 여러 가지 주술적인 의례를 한 번에 느낄 수 있다.

---

25) 대승(大乘))은 부파 시대 이후에 발생한 신불교 운동 세력이 기존의 교단들을 비판하며 '소승(小乘)', 즉 '히나야나(hīnayāna)'라 하고, 자신들을 '더 높은' 불교로 부른 데에서 비롯되었다. 대승은 공사상과 보살사상 그리고 육바라밀 또는 십바라밀의 체계를 그 특징으로 하고 있다. 지역적으로 중국, 한국, 일본, 북 베트남 등 한역 경전권의 불교와 티벳불교를 통칭한다. [출처: 한국민족문화대백과사전]

많은 사람들이 불법승 삼보[26]에 의지하는 '보이지 않는 힘이 세상에 존재 한다'라고 믿고 있다. 그 존재의 힘은 진실적인 언어를 뜻하며, 그 내부에 의해서 실현 가능한 성취 의욕을 담고 있다고 봐야 할 것이다.

즉, 만다라를 보면서 우리는 현실에서 일어날 수 없는 불가능한 생각이 만다라 그림 속에 기본적인 차원을 넘어 가능성 있는 현실로 승화되어 가는 것이 대단히 위대하다고 볼 수 있다.

최근에 인사동에서 만난 만다라의 거장 전시회를 보면서 느끼는 것은 여러 가지 신화적 요소 또는 주술적인 신비한 동물의 세계, 예를 들면 얼굴은 사자이고 몸통은 소와 같다고나 할까, 또는 얼굴은 강아지이고 몸통의 무늬는 호랑이의 줄무늬를 가지고 있다.

---

26) 삼보(三寶, 산스크리트어: त्रिरत्न triratna, 팔리어: tiratana, 영어: Three Jewels · Three Treasures)는 깨우친 사람들인 부처(佛) · 깨우친 사람들의 가르침인 법(法) · 깨우친 사람들의 가르침을 수행하는 이들인 승가(僧)를 통칭하는 불교 용어이다. 이들을 각각 불보(佛寶) · 법보(法寶) · 승보(僧寶) 또는 간단히 불 · 법 · 승이라고 한다. 보(寶)는 귀중하다는 뜻으로, "삼보"의 문자 그대로의 뜻은 "세 가지 귀중한 것" 또는 "세 가지 보석"이다. 흔히 불법승 삼보(佛法僧三寶)라고 말하는 경우가 많다. 불보는 깨달은 자들인 여러 부처들을 통칭한다. 법보는 부처들이 설한 가르침, 즉 교법으로 따라야 할 모범이 된다는 뜻이다. 승보는 부처들의 가르침에 따라 수행하는 이들을 통칭하는데, 승보를 뜻하는 승가는 화합(和合: 조화롭다 · 함께 한다)이라는 뜻이다. 불법승 삼보에 귀의하는 것을 삼귀의(三歸依) 또는 간단히 귀의(歸依)라고 한다.

현실에서 일어날 수 없는 세계를 작가는 현란한 색을 이용하여 그 안에 천도복숭아를 그려 넣던가, 니비의 비상을 그려놓든가 또는 거북이와 용의 조화로움을 그려넣던가 호박넝쿨을 그려넣어 우리가 요구하는 만다라의 세계를 충분히 담고 있다고 나는 생각하고 있다.

그 만다라는 우리가 말하는 그림의 세계에도 널리 퍼져 있지만, 또한 무녀들이 만드는 부적의 글씨 형태를 보면 수만 수천 가지의 기복적 형상 언어를 표현할 수 있는 것이다.

여기에 등장하는 것이 또 달마이다.

우리가 아는 손오공으로 유명한 삼장법사가 있는데 삼장법사보다도 앞서서 인도 불교를 전파하려 중국에 온 스님이 달마대사이다.

달마대사는 원래 인도 남부에 있는 왕국의 왕자였는데, 중국에 건너와 새로운 선종 불교를 전파한 사람으로 유명하다. 그 당시의 불교는 왕이나 귀족들을 이용한 특수한 믿음의 상징이었다면, 달마스님께서 선종을 제창한 이후로 불교는 누구나 마음의 수행을 하면 깨달음의 경지에 이를 수 있다 보았다. 그래서 달마대사는 동양 불교에서 가장 중요한 인물로 평가되고 있다.

우선 만다라에 나오는 달마대사의 얼굴의 형상도 대단히

평화로운 얼굴이라 볼 수 있다. 원래 만다라라는 그림이 평화의 사상을 띠고 있다 봐야 한다. 혼란하고 산만한 마음이 만다라 그림을 쳐다보면서 평화의 시간으로 움직이는 것을 봤을 때, 만다라 그림에는 정말 신비한 힘이 있는 것 같다.

만다라의 세계는 신성한 장소이며 우주 에너지가 흐르는 사상이 응축되어 있다. 만다라 그림 속에는 사실 신들이 거취 할 수 있는 신성한 장소가 있다

만다라에 자주 등장하는 달마대사의 얼굴은 대체로 눈이 움푹 들어가고, 코가 갈고리처럼 생겼다. 매우 무섭게 생긴 듯 하지만 달마대사의 짙은 눈썹 그리고 수북한 수염을 보면 또 아주 친근한 할아버지를 연상케 한다.

그리고 달마대사는 특별하게도 귀에다 커다란 귀걸이를 하고 있다. 머리에는 두건을 쓰고 있다. 아무래도 귀걸이를 하는 것은 남의 말을 경청하여 지혜를 얻으려 함이요, 두건을 쓰고 있는 것은 노동이 끝난 후에 그 땀방울을 씻는다는 의미가 있다.

그만큼 달마대사는 항상 수행이라는 공부를 하고 있었다. 그 수행이 바로 달마스님에게는 노동이다. 달마스님의 눈매는 아주 매섭고 눈은 아주 커다랗다.

어떤 바위라도 뚫을 것 같은 무서운 눈빛을 가지고 있다. 나쁜 무리들도 달마의 눈빛을 보고 뒤로 나자빠진다. 그리고 그들은 평화 선언을 한 후에 달마의 제자가 되거나, 아니면 다시 착한 마을로 걸어가기 마련이다. 만다라를 그리는 사람들은 이 신비로운 달마스님을 어떻게 그릴 것인가, 그 달마의 능력이 어디서 나올 것인가를 대단히 염두에 두고 그림을 그린다.

붓을 한번 찍을 때마다 어떤 사람들은 그 그림에 대고 삼배를 한 후에 한 획을 그리는 것처럼, 달마대사를 그린다는 것은 대단한 정신력의 소유자라 봐야 한다.

[만다라]

어떤 사람들은 달마의 강한 힘을 느끼면서 더없이 평화롭고 착한 마음으로 그리지 않으면 나쁜 기운으로 돌아오기 때문에 달마그림을 그릴 때만큼은 달마 그림 속으로 빨려 들어간다는 느낌을 받는다고 한다. 그만큼 대단한 용기가 필요한 작업이다.

마치 산타할아버지처럼 배가 불룩 나왔으면서 뒤에는 커다란 보따리를 들고 보따리 안의 사탕을 어린이들에게 나눠 주는 아름다운 생각도 가질 수 있다. 사실은 산타할아버지의 원조가 달마대사라는 기록도 있다.

나는 만다라 그림을 인사동에서 한참을 쳐다보고 내가 그 그림 속으로 들어왔다는 생각을 많이 한다. 즉 만다라라는 우주 속으로 내가 들어온 것이다.

그만큼 만다라의 세계는 신성한 장소이며 우주 에너지가 흐르는 사상이 응축되어 있다. 만다라 그림 속에는 사실 신들이 거취할 수 있는 신성한 장소가 있다고 봐도 틀린 말은 아닐 것이다.

그만큼 만다라에는 우주의 생각과 중심이 모두 결합된 하나의 코스모스라고 봐야 한다. 여럿이 움직이는 우주의 혹성들이 하나의 태양계를 향해서 움직이듯이, 만다라 안에는 커다란 태양이 떠 있다고 봐야 한다.

만다라 안에는 가끔 원이 나타나
는데, 이는 태양계를 뜻한다. 태양계
에는 8개 행성이 돌고 있다. 그리고
수많은 소행성이 운석과 함께 우주를
돌고 있다.

[만다라]

소행성은 대략 3,000개가 있으며, 혜성은 매우 크고 긴
궤도를 가지고 회전하고 있다.

1910년 당시 핼리 혜성[27]이 지구를 향해 돌진한 적이 있
었다. 핼리 혜성의 밝은 꼬리가 수백 킬로미터 정도의 밝은
빛을 내며 날아가는 것이 관측되었다. 76년 주기로 태양을
공전하는 혜성인 핼리 혜성이 지구와 충돌했다면 지구의 운
명은 어떻게 됐을 것인가?

아름다운 핼리 혜성이 1910년에 지구로 접근했을 때 모
든 과학자들은 아름다움을 넘어 무서운 공포의 생각을 떨칠
수 없었다.

당시 미국 국방성에서는 핼리 혜성을 미사일로 쏴 폭파할
수 있다는 계획을 세우기도 하였다. 그만큼 핼리 혜성이 지

---

27) 핼리 혜성(공식 명칭은 1P/Halley)은 그 주기와 다음 접근 시기를 예측한 에드
먼드 핼리의 이름을 딴 혜성으로, 약 75~76년을 주기로 지구에 접근하는 단주
기 혜성이다. 지상에서 맨눈으로 관측 가능한 유일한 단주기 혜성이기도 하다.
다른 더 밝은 혜성들도 존재하지만 그런 혜성들은 몇 천 년에 한번 정도 나타
난다. 마지막으로 관측된 연도는 1986년으로, 다음 접근 시기는 2061년 7월 2
8일으로 예측된다. [위키백과]

구에 접근했다면 미사일 격추를 하여 방향을 틀어버리는 것도 하나의 방법이 될 수 있었다.

우리가 알고 있는 공룡이라는 동물도 혜성이 지구에 충돌하여 그 충격으로 공룡의 먹잇감인 식물이 몇 년 동안 열리지 않아 공룡의 먹이 부족으로 멸망되었다는 이론을 귀담아 들을 필요가 있다.

그렇다면 우리는 다시 만다라로 초첨을 옮기자. 만다라라는 그림을 사람들은 왜 좋아할까? 그리고 만다라 그림을 그리는 화가들은 왜 만다라 그림을 그리면서 환희심을 느끼는 것일까?

그것은 머릿속이 복잡할 때 머릿속에서 잡초를 뽑아내고 잡념을 없앤 후 평화적인 시간이 다가오기 때문이다. 그 평화의 시간을 느끼기 위해 만다라를 감상하는 것이다.

한 마디로 만다라 그림을 보면 복잡한 마음이 평화로운 마음으로 바뀌어 지는 것을 누구나 체험할 수 있다.

만다라는 조용한 혁명이다. 만다라 그림 안에서 자신의 심리 상태를 점검할 수 있고 타인의 심성의 변화를 느끼기에 충분하다 볼 수 있다. 그래서 스님들이 정신 수행의 한 방법으로 만다라를 그리거나 감상하는 시간을 가지고 있다고 봐야 한다.

만다라는 고도의 집중이다. 만다라를 보면서 느끼는 감정을 한 마디로 표현하지면 복잡히고 산만한 시간을 집중력과 편안함을 주는 시간으로 바꿀 수 있는 심리 효과를 누구나 느낄 수 있다는 것이다.

만다라는 정연한 질서다. 만다라는 자유로운 폼새 같지만 그 안에는 마음의 치유 과정이 숨겨져 있기 때문에 긍정 심리학, 성공 심리학, 평화 심리학의 꽃밭이다.

Peace Worker

전쟁과 평화를 읽으면서 우리는 세상을 살아가는 지혜를 알 수 있다

톨스토이[28]의 "전쟁과 평화"를 우리는 너무나 잘 쓰고 있을 것이다. 전쟁과 평화를 읽으면서 우리는 세상을 살아가는 지혜를 알 수 있다. 19세기 초 프랑스의 맹공을 받게 된 제정 러시아의 피에르는 나폴레옹을 숭배한다.

청순한 나타샤를 사랑하는 피에르, 그의 재산을 탐낸 쿠다긴 공작을 자신의 딸과 결혼시키는 데 성공한다. 나타샤의 오빠 니콜라스는 전쟁 중 도망쳐오고 안드레이는 전쟁의 현실을 목격하고 돌아온 후 지금껏 괴롭혔던 아내 리제의 죽음으로 환멸에 빠진다.

결혼 생활에 실패한 피에르는 전쟁의 참상을 보고 나폴레옹을 숭배했던 자신을 저주한다.

---

28) 레프 니콜라예비치 톨스토이 백작(러시아어: Граф Лев Николáевич Толстóй 영어: Leo Tolstoy 또는 Lev Nicolayevich Tolstoy, 1828년 9월 9일 ~ 1910년 11월 20일)은 러시아의 소설가이자 시인, 개혁가, 사상가이다. 사실주의 문학의 대가였으며 세계에서 제일 위대한 작가 중 한 명으로 꼽힌다. 《전쟁과 평화》(1869년), 《안나 카레니나》(1877년)가 그의 대표적인 작품이다. [위키백과]

포로로 암흑에서 실신한 플라톤을 만나 생의 진실을 깨달은 피에르를 미침내 쿠투조프의 초도 퇴각 직진이 성공, 프랑스군이 깨끗이 소탕되는 것으로 종분에는 전쟁의 와중에서 기적적으로 살아남는다.

부흥의 싹이 트기 시작한 초토화된 거리에서 성숙한 나타샤는 피에르를 기다리고 있었다. 사실, 톨스토이의 전쟁과 평화는 세 시간 동안의 긴 영화처럼 방대하다.

전쟁과 평화는 1805~1820년까지 15년의 시간동안 러시아라는 광활한 배경을 가지고 있다. 총 559명의 등장인물과 프랑스 나폴레옹 전쟁이라는 역사적 사실을 담고 있다. 무엇보다도 전쟁과 평화는 대자연의 숭고한 섭리와 오묘한 인간의 역사를 그린 대작이라고 할 것이다.

겨울 러시아를 가본 적이 있는데 눈이 허벅지 깊이만큼 빠질 정도로 추위와 눈의 전설을 안고 사는 지역이라고 볼 수 있는데 우리는 이 러시아를 소재로 한 영화중에 "전쟁과 평화"와 "닥터 지바고[29)]"를 들 수 있다. 닥터 지바고의 서사

---

29) 《닥터 지바고》(Doctor Zhivago, 러시아어: Доктор Живаго)는 1965년 데이비드 린 감독의 로맨스 전쟁 영화이며, 보리스 파스테르나크의 유명한 동명 소설 《의사 지바고》를 바탕으로 만들어진 영화이다. 지바고(Живаrо/Zhivago)는 러시아어로 '살아있는(alive)'을 뜻하는 '지보이(Живой)'의 소유격 형태로, 이 소설의 배경과 관련이 있는 1917년 러시아 혁명 이전의 체제가 아직 살아있으며, 이는 파스테르나크가 집필 당시 소련의 사회 체제를 반대한다는 뜻으로도 풀이된다. 이 책은 완성되고 나서도 본국에서 출판되지 못하고 1957년에 이탈리아어로 첫 출판을 하여 1958년 노벨문학상 수상이 결정됐다.[위키백과]

적인 웅장함은 사랑의 감동, 평화의 시간이 소재라고 봐야 할 것이다.

『8세의 나이에 고아가 된 지바고(오미 샤니프분)는 그로 메코가에 입양되어 성장한다. 그는 1912년 어느 겨울 밤, 크렘린 궁성 앞에서 노동자들과 학생들이 기마병에게 살해되는 것을 보고 큰 충격을 받는다. 이 일 이후 그는 사회의 여러 뒷면들을 접하게 되고, 의학을 공부해 빈곤한 사람들을 돕고자 꿈꾼다.

그는 그로메코가의 고명딸 토냐(제갈린 채플린)와 장래를 약속하면서 열심히 의학 실습에 몰두하는데 운명의 여인 라라(라라: 룬리 크리스티)와 마주친다.

그녀는 어머니의 정부 코마로프스키 (로드 스테이리)에게 정조를 빼앗기고, 크리스마스 무도회장에서 코마로프스키에게 방아쇠를 당겨 총상을 입힌다. 우리는 다시 한 번 이 여인에게 호기심을 느낀다. 그러나 라라에게는 혁명가 피샤라는 연인이 있었다.

러시아 혁명[30]과 전쟁 중에 펼쳐지는 닥터 지바고(Doctor.zhvago, 1965)의 사랑과 평화의 이야기는 평화의 잔디 위

---

30) 러시아 혁명은 1917년 2월(러시아 구력)과 10월에 러시아에서 일어나 마르크스주의에 입각한 세계 최초의 사회주의 국가인 소련정권이 수립된 혁명이다. [위키백과]

에 혁명이라는 무서운 곤충이 평화로운 진리를 얼마나 잔혹하게 파괴하는지 질 보어준다.

이상주의자와 혁명주의자가 맞서는 가운데 시대의 비극과 따뜻한 연인들의 사랑과 평화가 러시아의 광활한 풍경과 더불어 매료시켜 버린다.

러시아의 시대적 혼란기를 닥터 지바고의 사랑이야기로 채워지는 가운데 공산주의가 얼마나 인간성을 차가운 동토의 땅에 갈아 버렸는지 우리는 알 수 있다.

인간은 절망적인 상황에서 희망적인 상황으로 변화를 끊임없이 추구한다. 오늘날 자본주의 시대도 마찬가지로 절망적인 경제상황에서 이를 극복하고 희망적인 행복의 공간에 오기까지는 이상과 현실보다는 직접적으로 피부에 와 닿는 섬세하고 감각적인 노력의 부산물이 왔을 때 마침내, 희망의 노래는 울려 퍼지는 것이다. 불안한 시대의 희망은 우리에게 다가오는 평화주의자한테 그 모든 것을 걸어도 좋을 것이다.

"전쟁과 평화31)", "닥터 지바고"에서 만나보는 시기의 아픔과 구구절절한 기억의 이야기 그리고 혁명과 변화라는 그

---

31) 《전쟁과 평화》(戰爭과平和, 영어: War and Peace)는 레프 톨스토이의 장편소설이다. 데카브리스트를 둘러싼 중편소설 모체가 되어 구상된 것으로, 1865~1866년에 걸쳐 첫머리 2장만이 <Рýсский вéстник>에 게재되었다. 나머지 부분은 1869년 단행본으로 일괄해서 발표되었다. [위키백과]

탈출하고 싶은 현실 속에서 사람들은 많이 방황한다.

우리는 이 험난한 여정을 결국 평화지대로 가기 위한 극복의 과정이라고 볼 수 있겠다. 어쩌면 인간은 최소한의 평화를 찾기 위해서 최대한의 방황을 하는지도 모르겠다.

평화는 원초적 순결이며, 역사의 시작이다. 그 누가 그러한 원초적 순결과 역사의 시작을 무시할 수 있다는 말인가. 세계 영화사에 길이 남을 두 편의 명작을 회고하면서 인간과 인간 사이에 걸쳐있는 평화의 다리는 아직도 견고하게 우리의 만남을 기다리고 있다.

마음의 향기

───────────

부활적인 회복의 의미는 전쟁의 꿈은 사라지고
평화의 현실 세계가 온다는 사실을 내포하고 있다.

───────────

나는 가끔 T. S. 엘리엇32)의 '황무지'라는 시를 읊는다.

4월은 잔인한 달

죽은 땅에서 라일락을 키워 내고

추억과 욕정을 뒤섞고

잠든 뿌리를 봄비로 깨운다

겨울은 오히려 따뜻했다

---

32) 토머스 스턴스 엘리엇(Thomas Stearns Eliot, OM, 1888년 9월 26일 ~ 1965
년 1월 4일)은 미국계 영국 시인, 극작가 그리고 문학 비평가였다. 미국에서
태어났으나 후에 영국에 귀화했다. 극작가로서 활약하기 전에는 시 〈황무지〉
로 영미시계(英美詩界)에 큰 변혁을 가져오게 하였으며 또한 비평가로서도 뛰
어나 일약 유명해졌다. 〈스위니 아고니스티이즈〉(1926-27), 〈바위〉(1934), 〈사
원의 살인〉(1935), 〈가족재회〉(1939), 〈칵테일 파티〉(1949), 〈비서〉(1953), 〈노
정치가(1958) 등의 희곡을 발표하였는데 모두 운문으로 쓰여 있다. 그가 종교
극, 또는 희극 등의 형식으로 추구하고 있는 것은 항상 인간의 구제에 그 목
적을 두고 있는 것이며 〈성당의 살인〉, 〈칵테일 파티〉 등은 특히 뛰어난 작품
이다. [위키백과]

황무지는 T. S. 엘리엇(Thomas Stearns Eliot)의 시로서 제1차 세계대전 후 혼란과 황폐한 유럽의 상황을 황무지로 상징적으로 표현한 작품이다.

이미 도시는 황폐하게 타락되고, 세속화된 도시에서 엘리엇은 황무지라는 주제를 가지고 도덕적인 시간을 초월하는 인용을 황무지에서 잘 그려냈다고 볼 수 있다. 황무지는 문명 비판과 휴머니즘 정신을 조화시키며 궁극적으로는 전쟁이 끝난 후 평화로운 세상을 그리고 있다.

세상의 모든 만물이 땅에서 소생하는 계절인 봄은 작고 보잘것없는 힘없는 씨앗이 겨울에 꽁꽁 얼어버린 땅을 뚫고 나와야 하기 때문에 아마도 4월은 잔인한 달이라 썼지 않았을까 생각해본다. 그 씨앗은 죽음과 같은 고통을 이겨내는 생명의 강인함을 상징한다.

황량하고 쓸쓸한 절망적인 황무지에서 시인은 명상을 하고 사람들은 행복한 사랑의 노래로 그들에게 다가오는 삶의 절정의 순간을 느끼려고 몸부림친다. 이러한 부활적인 회복의 의미는 전쟁의 꿈은 사라지고 평화의 현실 세계가 온다는 사실을 내포하고 있다.

엘리엇의 4월에 언 땅을 뚫고 나오는 새싹은 애틋하고 장엄하기까지 하다. 그것은 기사회생(起死回生)의 묘를 발휘하고 맡을 수만 있다면 그윽한 향기를 풍기는 듯하다.

향기는 동서양을 막론하고 사람들의 관심을 끈다. 이와 관련하여 동양에는 마음의 향기를 최고의 경지로 여긴다. 마음의 향기를 '심향(心香)'이라 한다. 모든 것의 중심은 마음이다. 우리는 깊고 깊은 마음에 향기를 더할 수 있다면 얼마나 평화로운 세계로 갈 수 있을까?

심향을 바라는 가장 기본적인 자세는 작은 일에 너무 무심하지 말고 큰일에도 너무 실망하지 말기를 항상 요청한다. 헤아리기 어려운 마음의 세계에서 대처해야 할 마음가짐이 다르니 어려운 과제임에 틀림이 없다.

―――――――――

종교는 마음의 평정이나 평화를 자주 언급한다. 작은 생각, 작은 친절에도 매우 행복해하는 사람이 있는가 하면 작은 봉사와 작은 예의에도 무관심해버리는 소인이 있다.

―――――――――

작고 크다는 것에 마음의 작용이 반영된다. 내가 작다고 생각하는 일이 남에게는 크고, 내가 크다고 생각하는 일이 남에게는 작은 경우도 있다.

작은 것이 볼품없고 큰 것이 거창하냐, 이런 물음 앞에서 자신 있게 대답할 수 있는 철학자도 드물 것이다. 왜냐하면 철학은 가치판단을 전제로 하고, 가치판단에 유일한 대답은 없기 때문이다.

사람이 한세상 살다 보면 크고 작은 일들이 쉴새 없이 반복된다. 오늘 내가 한 일이 주위 사람들에게 어떤 영향을 끼쳤으며, 그것이 구체적으로 어떤 결과를 초래했는지 사람이 살면서 일일이 살피거나 신경쓰지 않는다.

종교는 마음의 평정이나 평화를 자주 언급한다. 작은 생각, 작은 친절에도 매우 행복해하는 사람이 있는가 하면 작은 봉사와 작은 예의에도 무관심해버리는 소인이 있다. 그러기에 우리는 늘 심향이라는 하나의 화두를 잘 생각해야 한다.

심향과 조금 다른 향이 있다. 그것은 동양에서는 가장 신비한 '침향(沈香)33)'이라는 것이다. 과거에는 부처님이나 하나님, 또 왕족이나 일부 갑부만이 사용하는 특별한 향이 침향이었다. 그것은 성당에서 또는 부처님 법당에서 향으로 피우는 모든 향 중에서 으뜸의 향이다.

---

33) 침향(沈香) ; 주산지는 인도·말레이시아·중국 남부 등지이다. 약재의 형태는 수지가 많이 들어 있는 목재로서 향기가 높고 은은하다. 곤봉상 또는 편형을 띠고 길이는 7~20㎝에 지름이 1.5~6㎝ 정도이다. 표면은 갈색 혹은 흑갈색으로 황색 분리가 교차하며 약간의 광택이 있다. 질은 견실하고 단단하며 물에 담갔을 때 가라앉아서 침향이라고 하였다. 현존하는 국내 문헌 중에서는『동의보감(東醫寶鑑)』에서 침향의 기록을 찾을 수 있다. 성분은 정유로서 벤질아세톤, P-메토실 벤질아세톤 등이 알려져 있다. 동물실험에서는 진정작용이 인정되고 있으며 달인 물은 결핵균을 완전히 억제시키고 티프스균·적리균에 대해서도 강력한 억제효과를 나타내고 있다. [출처: 한국민족문화대백과사전]

신비스러운 침향을 발산하는 것은 침향나무다. 이 나무는 주로 중국이나 인도네시아, 베트남, 말레이시아, 인도, 캄보디아 등에서 찾아볼 수 있다. 침향나무의 수지(樹脂)가 수 십 년, 수 백 년에 걸쳐 응축된 상태, 그것이 침향이다. 수지라는 것은 자기 방어 수액인 침향나무에서 나오는 나무 기름 덩어리를 말한다.

우리 인간도 상처가 나면 우리 인체에서 어떠한 물질이 나와 피를 응고하는 역할을 한다. 만약 그 상처의 피가 응고되지 않는다면 사람은 죽고 말 것이다. 이처럼 침향의 수지는 침향의 상처를 치료하는 응고제라 할 수 있다.

그러면 침향나무가 어떻게 상처를 받게 되는가? 나무에 생길 수 있는 여러 병균이나 외부의 침투, 또는 주위의 환경으로부터의 손상, 벌레들의 침입 등으로 인하여 침향나무에 상처가 생긴다. 침향나무는 그 상처를 치료하기 위해서 자신의 응고액인 수지를 내보낸다.

[침향(沈香)나무]

우리가 침향에 불을 붙이면 상쾌한 향기를 낸다. 그래서 종교인들이 침향을 가공하여 아주 가느다란 향초로 만들었다. 사람이 그 향기를 맡고 있으면 이상하게도 순식간에 산만하고 혼란스러운 마음이 평화로운 평정심으로 바뀌는 것을 느낄 수 있다.

사람들이 침향나무를 '평화의 나무'라고 부르기도 하는 까닭은 여기에 있다. 그렇다고 많은 사람이 침향을 사용하기에는 무리가 있다. 누구든지 현재 침향을 판매하는 곳에 물어보면 침향의 가격이 대단히 비싸다는 사실을 곧 알 수 있다.

얼마 전 이러한 신비로운 침향을 먹을 수는 없을까 하는 고민 끝에 어느 한의사에 의해 침향탕이 만들어지기도 하였다. 먹기 좋게 침향 알약을 만들어 환으로 복용할 수 있기도 하다. 그만큼 침향은 특별한 나무인 것이 사실이다.

한국의 한방의학자로서 유명한 조선시대의 허준[34]은 명저인 『동의보감』에서 "성질이 뜨겁고 맛이 맵고 독이 없다. 찬바람으로 마비된 증상이나 구토·설사로 팔다리에 쥐가

---

34) 허준(許浚, 1539년 ~ 1615년 10월 9일)은 조선 중기의 의관·의학자이다. 세계기록문화유산으로 지정된 동의보감의 저자이며, 동의보감 외에도 선조의 명을 받아 임진왜란 종결 후, 각종 중국의서와 기존 의서의 복원, 편찬 및 정리에 힘썼다. 그밖에도 한글로 된 의서인 《언해두창집요 (諺解痘瘡集要)》, 산부인과 관련 의서인 《언해태산집요》, 기본 가정 의서인 《언해구급방 (諺解救急方)》 등도 집필하였다. [위키백과]

나는 것을 고쳐주며 정신을 평안하게 해준다.”고 적었다.

허준을 비롯한 어의들이 왕들의 지병을 침향으로 치료하기도 했다. 한방은 침향을 머리끝에서 발끝까지 만사형통하는 약으로도 부르고 있다.

그만큼 침향은 나쁜 기운을 없애고 좋은 기운을 가져오는 성능을 가지고 있다고 봐야 한다. 침향의 효험을 글이나 말로 다 설명하기는 어렵다.

수지가 함유된 목재로서의 침향나무가 무거우면 물에 가라앉기 때문에 물속에서도 그 향기가 배어 나와 하늘에 이르게 할 정도로 최고의 향기를 침향으로 보고 있다.

침향나무가 물에 가라앉으면 그것을 우리는 침향이라고 하고 반면 그 침향나무 중에서도 효험이 없는 물에 뜨는 나무를 우리는 전향(煎香)이라 한다.

어떤 사람은 그 침향나무를 도끼로 찍어서 일부로 상처를 내어 그 수액을 굳어지게 만들기도 한다. 그러나 이것은 자연의 질서에 반하는 인위적 조작의 산물에 불과하다. 긴 역사와 전통을 봤을 때 도끼로 찍는 방법보다는 천연적으로 침향의 성능을 우리는 보전할 필요가 있다.

특히 이 나무는 신장에 영향을 불어넣어 기력을 회복시킨다고 한다. 신장이 약하거나 만성 신부전증이 있는 사람에게는 상당히 효과적인 나무로 평가받고 있다.

한 연구자가 감옥에서 침향을 실험한 적이 있다. 그는 일반적인 죄수들이 나쁜 공기, 나쁜 생각과 행동을 침향초를 맡음으로써 공기를 해독하고 좋은 생각으로 바뀌고 나쁜 활동이 주위에 유익한 활동으로 바뀌고 또 몸 속 전염성이 있는 나쁜 상태를 해독하는 비약적인 현상을 알아냈다.

우리는 이러한 실험을 통하여 경제적인 문제만 해결된다면 침향을 통한 죄수들의 나쁜 의식 전환을 평화로운 의식 전환으로 바꿀 수 있는 아주 좋은 계기로 삼을 수 있겠다. 이것이야말로 교정사상 획기적인 개선책이 아닐 수 없다.

최근에 발생한 코로나-19라는 역병은 열을 수반한다. 그 열을 순식간에 내리는 것도 역시 침향초의 신비한 능력이기도 하다.

코로나로 고통을 받고 공포 분위기가 확산되고 있는 상황에서 침향은 더욱 진귀한 치료 성분을 지닌 약재로 등장할 가능성이 있다.

유럽의 무녀들도 침향을 활용한다. 사람들이 침향의 향기를 맡으면서 무녀와 몇 시간 동안 상담을 하다 보면 자신도 모르게 세상이 몽롱하고 혼란한 상태가 마치 자신의 수호신과 교감하는 것처럼 아주 맑고 향기롭고 평화로운 시간으로 평정된다는 것을 안다. 이 때문에 무녀들은 책상 밑에 항상 침향초를 숨겨 놓았던 것이다.

그러나 침향의 가장 위대한 효험은 마음에 평화를 가져다 준다는 점이다. 이런 관점에서 침향(沈香)은 마음의 향기 즉 심향(心香)이다.

즉, 침향과 심향의 세계는 그 마음을 온전하게 유지하는 효험을 통해 마침내는 마음의 평정과 육체의 평정을 동시에 가져오는 효과가 있다고 많은 학자들은 얘기한다.

T.S. 엘리엇[35])은 시를 쓰고 나서 항상 샨티 샨티 샨티(Shantih)를 외쳤다. 샨티는 산스크리스트어로 평화라는 뜻이다.

그의 모든 시는 절제되고 자연친화적인 것으로 부활이라는 의미, 그리고 새롭게 다가오는 풍요라는 의미를 가지고 있는데 대체로 그러한 요소들이 샨티로 마무리된다.

---

35) 토머스 스턴스 엘리엇(Thomas Stearns Eliot, OM, 1888년 9월 26일 ~ 1965년 1월 4일)은 미국계 영국 시인, 극작가 그리고 문학 비평가였다. 미국에서 태어났으나 후에 영국에 귀화했다. 극작가로서 활약하기 전에는 시 〈황무지〉로 영미시계(英美詩界)에 큰 변혁을 가져오게 하였으며 또한 비평가로서도 뛰어나 일약 유명해졌다. 〈스위니 아고니스티이즈〉(1926-27), 〈바위〉(1934), 〈사원의 살인〉(1935), 〈가족재회〉(1939), 〈칵테일 파티〉(1949), 〈비서〉(1953), 〈노정치가(老政治家)〉(1958) 등의 희곡을 발표하였는데 모두 운문으로 쓰여 있다. 그가 종교극, 또는 희극 등의 형식으로 추구하고 있는 것은 항상 인간의 구제에 그 목적을 두고 있는 것이며 〈성당의 살인〉, 〈칵테일 파티〉 등은 특히 뛰어난 작품이다

우리는 여기서 T. S. 엘리엇이 추구하는 평화가 사실은 심향의 세계에서도 있다는 사실을 앞에서 살폈다.

심향의 신비스럽고도 탁월한 효과를 주목한다. 마음을 평화롭게 이끄는 심향은 종교의 구도자는 물론이고 일반인에게도 평화를 가져다준다.

이러한 상황을 원하는 사람은 일주일에 한 번이라도 침향초(沈香草)의 향을 맡아보기 바란다.

사회적 거리두기(Social distancing)

사회적 거리두기는 침체의 평화, 왜곡된 평화라 할 수 밖에 없다.

신종 코로나 바이러스가 세상의 모든 동물을 감염시키려는 듯 전 세계를 휩쓸어치고 있다. 참으로 어수선한 세월이다. 과연 우리는 그 코로나 바이러스로 인해 사람과 사람 간 또는 사람과 동물 간의 접촉을 꺼리면서 평화를 유지할 수 있겠는가?

그러나 계속해서 이러한 사회적 거리두기를 한다면 인간과 인간이 맺어야 하는 따뜻한 감성이 사라지고, 또 인간과 동물이 어울리는 평화로운 시간도 점점 소멸될 것이다. 그러므로 사회적 거리두기는 침체의 평화. 왜곡된 평화라 할 수 밖에 없다.

코로나 바이러스와 같은 무서운 질병은 78억 명에 달하는 전세계 인구를 놀라게 했다는 점에서 정말 핵폭탄과 같은 위력을 가지고 있다고 봐야 할 것이다. 유럽 여러 도시에서 벌어지고 있는 코로나 감염과 또 사망사건은 정말 우리에게 미래가 어두운 그림자로 덮일 것만 같은 황량한 풍경이다.

현재와 미래를 암울하게 하는 이러한 팬데믹(Pandemic) 현상이 결국은 우리가 연구한 인공지능에 의하여 사태가 마무리될지도 모른다. 인공지능은 인간과 동물의 사고, 또는 자연학습을 통하여 사람과 사물이 지적 능력을 향상시켜 컴퓨터와 같은 그러한 기술을 갖는 것을 말한다.

우리가 말하는 그 인공지능이 코로나 바이러스를 비롯하여 앞으로 다가올 바이러스를 미리 예측하고 이를 치료할 수 있는 그러한 지적 능력을 보유하고 있으면 얼마나 좋을까? 나는 사실 오래 전부터 이 문제를 생각해 왔다.

인공지능은 인간과 같은 생각, 사고로 행동하는 인간형 인공지능과 인간과 서로 다른 방식으로 사고하고 행동하는 비인간형 인공지능으로 구분할 수 있다.

현재까지 인간이 만들어 놓은 인공지능은 모두 AI에 속하며 쉽게 비유하자면 얼마 전 TV에서 인간 프로와 인공지능 바둑 프로그램인 '알파고(AlphaGo)[36]' 간의 바둑 대결이 있었다. 전 세계 바둑계를 깜짝 놀라게 할 사건이었다.

과연 인공지능 알파고와 인간의 최고 실력자라고 할 수 있는 바둑기사와의 그 대결에서 이기고 지고를 반복하다 결

---

36) 알파고(영어: AlphaGo)는 구글의 딥마인드가 개발한 인공지능 바둑 프로그램이다. 영국의 스타트업 기업이었던 딥마인드가 2014년 구글에 인수되면서 개발이 본격적으로 진행되었다.

국 인공지능 알파고의 승리로 끝났다. 이것은 인간이 만든 인공시능이 인간을 능가함으로써 만물의 영장을 아연케 하는 대사건이라고 말할 수 있다.

지금 더 쉽게 얘기하자면 여러분이 집에서 가지고 있는 전자계산기와 여러분의 정산 능력을 시합한다면 그것은 비교할 수 없을 만큼 인공지능 계산기가 우수하다고 봐야 할 것이다. 이미 학자들은 인공지능의 세계가 사람을 케어할 수 있는 시대가 왔다고들 한다.

그러므로 인공지능 컴퓨터는 결국 인간을 위해서 존재해야지, 인간을 해치거나 또는 그 인공지능 컴퓨터로 인하여 인간이 직업을 잃어버리고 실직자가 된다면 이는 또 다른 악영향을 가지고 올 수 있다. 한 마디로 말해서 인공지능의 가장 기본적인 프로그램은 인간의 복지, 그리고 인간의 안전, 또 인간의 행복을 우선시해야 한다는 것이다.

얼마 전 군사형 로봇37)이 시연되었는데, 영하 3~40도가

---

37) 군사용 로봇은 인간을 대신하거나 보조하며, 군사작전을 수행하는 지능형로봇이다. 군사용 로봇은 기온차가 큰 야외환경이나, 폭탄이 터지는 가혹한 환경에서 주로 작동해야 하므로, 부품내구성과 높은 신뢰성 기술을 필요로 한다. 특히 험준한 지형에서 이동해야 하므로 자율이동기술에 대한 높은 수준의 연구가 필요하다. 군사용로봇은 직접 전투에 참가하는 전투용로봇과 지뢰제거작업과 같은 지뢰제거로봇, 물품의 수송을 맡는 견마로봇(빅독등이 유명), 감시경계임무를 수행하는 감시경계로봇 등으로 분류된다.

넘는 전방부대에서 군인들이 강추위를 이기고 근무하는 모습을 보고 과학자는 인공지능 병사를 만든 것이라고 한다. 그는 군인이 할 수 있는 모든 예측능력, 그리고 방어 능력, 또 공격 능력을 최대한 발휘할 수 있게 만든 것이다.

예를 들면 어떤 군인이 바라볼 수 있는 것은 두 눈으로 앞을 볼 수 있는데, 인공지능 로봇은 동서남북 사방의 적을 감지할 수 있다. 그리고 인공지능 로봇 병사는 땅 밑에 숨어 있는 지뢰까지도 피해갈 수 있다.

왜냐하면 땅 밑의 전자파를 이용하여 땅 밑 쇠붙이를 빨리 발견할 수 있기 때문이다.

그리고 인공지능 병사는 전방에서 이상한 병사들이 공격해왔을 경우, 바로 응전할 수 있는 시스템을 가지고 있다. 마치 미래 공상 영화에서나 볼 수 있는 그러한 일들이 현실로 나타나고 있는 것이다.

**인공지능은 인간 능력의 한계를 극복할 수 있는
확실한 대안의 하나로 떠오르고 있다**

얼마 전 미국이 테러리스트 두목을 죽인 유명한 사건이 발생했나. 과서였다면 아마도 적지에 특공대가 파견되어 그 보스를 살상하는 것이 원칙이었으나 현재는, 사람이 아무도 타지 않는 무인기를 이용하여 정확하게 테러리스트를 죽이는 시대가 온 것이다.

이 뉴스는 지구촌에 대단한 충격을 주었다. 인공지능은 인간 능력의 한계를 극복할 수 있는 확실한 대안의 하나로 떠오르고 있다. 인공지능의 심장으로 자리매김 하는 미국이 너무나 놀랍고 부러울 따름이다.

그 인공지능 드론은 하드웨어에 테러리스트의 인상착의와 체형, 그리고 목소리와 그가 주로 다니는 수십 군데의 지형 지물을 모두 입력하고 그에 알맞은 프로그램을 순식간에 작동시켜 테러리스트를 정확히 살상하고 만다.

아마 이러한 기술은 초고밀도 집적회로 덕분으로 봐야 할 것이다. 예를 들면 지구에서 달나라나 화성에 있는 우주선을 조종하는 인공지능 센서는 초고밀도 집적회로로 만들어져 있다. 물론 이러한 하드웨어는 전세계에 비공개 자료로 특수한 분야의 사람들만 알고 있다.

인류는 그만큼 앞으로의 세상을 인공형 중앙처리장치(CPU)에 의하여 획기적으로 바꿀 것이다. 앞에서 말한 코로나 바이러스를 포함한 미생물과 세균과의 전쟁에서도 인공지능 데이터는 그들을 억제하고 박멸하는 역할을 수행할 수 있을 것이다.

지금까지 인류가 개발한 가장 빠른 컴퓨터가 1초에 100억 번의 연산을 할 수 있다고 한다. 그만큼 순간적으로 이러한 연산과 인간의 상호작용을 병렬화 시킨다는 것은 정말로 대단한 기술이다. 이러한 프로그램이 앞으로는 아마 가정에서도 이루어질 것으로 나는 보고 있다.

예를 들면, 가족들의 모든 인상착의와 목소리를 모두 프로그램화 시킨 다음, 가족들은 언제나 그 집에 출입할 수 있으며 가족들만이 리모콘이나 스위치가 아닌 목소리만으로 모든 것을 작동할 수 있다.

가족의 프로그램을 이미 잠재시킨 하나의 하드웨어 시스템이 가정에 있을 때, 마치 컴퓨터 프로그램 작동을 하듯 인간과 하드웨어가 효과적으로 행복을 추구할 수 있는 미래가 다가올 것이다.

앞으로의 시대는 이러한 대화형 프로그램이 눈과 눈, 지문과 지문 같은 대체적인 시스템을 통하여 우리가 사는 세상 모두를 결정할 수 있을 것이다.

예를 들면 과거에는 자신의 집에 금고를 모두 두었는데, 그 금고 안에 금은보화를 보관했다고 하자. 과거에는 주로

열쇠나 비밀번호를 우로 좌로 돌려 개방해야만 그 것을 볼
수 있었나.

그러나 다가올 세상에서는 자신의 손가락 인지, 목소리
인지를 통해 충분히 그 금고 문을 열 수도 있다. 이미 그 금
고 문에 주인의 인상착의가 모두 프로그램화 되어 있다. 이
프로그램을 아무리 날쌘 범죄자라 하더라도 쉽게 열 수는 없
을 것이다.

얼마 전, 아주 놀라운 사건 해결이 있었다. 수천억 원의
재산을 가진 빌딩 주인이 피살되었는데, 그 범인을 잡기까지
는 상당한 데이터베이스가 필요하였다. 한동안 범인이 잡히
지 않아 사건이 오리무중에 빠졌을 때, 한 형사에 의한 소프
트웨어 시스템은 범인을 잡는 데 아주 정확한 정보를 제공하
였다.

그것은 CCTV 그래픽 형상(Graphic pattern)[38]을 통해
서 그 범인의 앞모습과 뒷모습을 비교하는 프로그램이었다.
범인을 잡게 된 중요한 이미지 인식은 그 범인의 뒷모습이었
다. 범인은 CCTV를 의식하고 전혀 자신의 앞모습을 보여주

---

38) 컴퓨터 시스템에서 시간 의존성 기하학적 형상 및 기하학적 구조를 표현하
   는 방법이 제공되었다. 특히, 정렬된 기하학적 물체에 대한 데이타 구조를
   통한 그러한 물체 및 움직임를 설명하기 위한 방법을 제공한다. 이런 물체
   들은 그래프 구조에서 서로 고정된 점, 선 및 면의 소정의 조합으로 설명된
   다. 방법상에 고도의 융통성을 주는 다양한 앵커링 방법이 사용될 수 있다.
   [위키백과]

지 않았다. 그러나 그 형사는 지구상의 모든 사람들의 뒷모습이 다르다는 것을 알아내었다.

뒷모습에서 볼 수 있는 걸음걸이는 아무리 따라 하려 해도 따라 할 수 없는 자신만의 고유한 반복체 운동이다. 형사는 이러한 기하학적인 프로그램과 디지털 펄스[39] 현상을 가지고 그 범인의 뒷모습과 일치하는 남자를 추적해 정확하게 그 범인을 체포할 수 있었다.

아마 그 형사는 지금쯤 높은 직책을 맡고 있을 것으로 생각된다. 이처럼 아무도 해결하지 못했던 범죄를 재구성하여 CCTV영상만으로 알 수 없는 그러한 사건을 뒷모습 걸음걸이만으로 찾았다는 것은 대단한 수사의 진보된 현상이라 봐야 할 것이다.

사회적 거리두기의 창조적 전환도 결국은 인공지능 의학 기술이 해결할 것으로 나는 보고 있다. 이는 인간이 바라는 최선의 평화는 결국 바이러스 감염이 없는 아주 평화로운 나날을 인간이 꿈꾸기 때문이다. 인간이 내면에 깊이 감춰져

---

39) 펄스 부호 변조(Pulse-code modulation, 줄여서 PCM)는 아날로그 신호의 디지털 표현으로, 신호 등급을 균일한 주기로 표본화한 다음 디지털 (이진) 코드로 양자화 처리한다. PCM은 디지털 전화 시스템에 쓰이며, 컴퓨터와 CD 레드북에서 디지털 오디오의 표준이기도 하다. 또, 이를테면 ITU-R BT.601을 사용할 때 디지털 비디오의 표준이기도 하다. 그러나 직접적인 PCM은 DVD, 디지털 비디오 레코더와 같은 소비자 수준의 SD 비디오에서 쓰이지 않는다. (왜냐하면 요구되는 비트 속도가 너무 높기 때문이다.) 일반적으로 PCM 인코딩은 직렬 형태의 디지털 전송에 자주 쓰인다. [위키백과]

있는 공포적 현상을 이겨낼 수 있는 기술을 어찌 개발하지 못힐 것인가?

인간이 바라는 그러한 최선의 평화는 결국 바이러스 감염이 없는 아주 평화로운 나날을 인간이 꿈꾸기 때문이다

지금 우리가 살고 있는 도시에서 누가 보균자인지 또는 건강한 사람인지 우리는 그것을 구분하기가 굉장히 모호하다. 또한 마스크를 착용하고 다니기 때문에 어느 누가 어떠한 모습을 하고 있는지도 사실 발견하기 힘들다. 그러므로 우려와 공포는 확산된다.

이러한 도시의 위기적 징후를 감지할 수 있는 인공지능 사회적 시스템이 구축되었을 때 우리는 이러한 현상을 긍정적으로 대비할 수 있는 것이다. 그러므로 코로나 바이러스에 의한 작금의 위기는 새로운 세계를 맞이하기 위한 창조적 시간이 될 수도 있다.

이러한 관점에서 본다면 우리는 내 가정과 우리 이웃, 그리고 우리 사회를 위험에 처하게 하는 이러한 감염현상이 어쩌면 스마트폰이나 인공지능 컴퓨터로서 해결할 수 있는 대

안이 되지 않을까 하는 그러한 긍정적인 생각을 해 본다.

역사는 항상 위기를 기회로 전환한 사람들이 영웅이 되곤 하였다. 어려운 상황을 앉아서만 당해서는 안 된다. 그 어려움을 당당히 이겨내는 것이 인간이 할 수 있는 최고의 발상이라고 봐야 한다.

회고하건대 인간은 14세기 후반 유럽에서 흑사병40)이라는 전대미문의 괴질을 통해서 많은 희생을 당한 바 있다. 그러나 그 흑사병이 끝나고 났을 때, 인간들은 서로에 대한 존엄을 알기 시작하였다. 그리고 인간들은 서로가 서로에게 이웃이 되는 따뜻한 사회를 만들어야 한다는 것도 알았다.

모든 생명체는 질병과 죽음을 통해 그 생명의 소중함을 깨닫는 순간이 온다고 한다.

코로나 바이러스는 흑사병보다 치사율은 낮지만 공포를 전 지구에 확산시키고 있다는 점에서, 인간은 사회적 가치를 존중하는 시간을 갖기 위해 응급조치로서 사회적 거리두기를 하고 있지는 않나 생각해본다.

사막에서 폐허를 만났다고 하자. 그러한 폐허의 반복성을

---

40) 페스트 균(Yersinia pestis)에 의해 발생하는 급성 열성 전염병. '페스트'는 독일어인 'pest'의 독음으로, 영어로는 'plague'라고 한다. 영단어 plague 자체가 '전염병'을 의미하는 보통명사로 변한 것을 통해 중세 페스트 대유행의 참혹함을 짐작할 수 있다. 흔히 '흑사병'이라고도 부른다. [위키백과]

통해 어떤 사람은 오아시스를 찾는 것을 포기하기도 하는 반면, 그 사막에서 작시현상으로 보이는 오아시스를 찾아 희망으로 이동하는 사람들도 있다.

과연 우리는 어느 순서를 택할 것인가. 최고와 최악의 시나리오를 두고 이제 세상은 다양한 해결책으로 세상을 살리는 일을 해야 할 것이다.

우리 시대의 모든 불안한 그림자를 내일의 태양이 활짝 걷히게 할 수도 있을 것이다. 그리고 그 태양 아래 자유와 평화의 중요성을 재인식하는 인간 군상들이 다시 사회를 평화의 기지로 가꿀 것이다. 우리는 태양이 있는 한 절망을 희망으로 전환하기 위해 지혜를 모으고 힘을 합하자.

평화를 그리는 예술가들…

예술작품의 탁월성은 바로 이러한 관념과 형태, 형상이 멋지게
어울려져 나타나는 긴밀함과 결합의 정도에 달려있다.

인간에게 있어서 예술이란 영역은 대단히 중요하다. 세상
에 기술자와 사업가만 있다면 이 세상은 마치 얼음 위를 걷
는 것처럼 매우 위험한 사회가 될 것이다. 독일의 철학자 헤
겔41)도 그의 저서(Asthetic)에서 예술을 언급했다. 그에게
있어서 예술의 내용은 관념적이고, 그것은 표현 양식의 감각
적 형태이다.

---

41) 게오르크 빌헬름 프리드리히 헤겔(Georg Wilhelm Friedrich Hegel, 1770년
8월 27일~1831년 11월 14일)은 관념철학을 대표하는 독일의 남성 철학자이
다. 칸트의 이념과 현실의 이원론을 극복하여 일원화하고, 정신이 변증법적
과정을 경유해서 자연·역사·사회·국가 등의 현실이 되어 자기 발전을 해가는
체계를 종합 정리하였다. 1770년 독일 뷔르템베르크에서 태어나 튀빙겐 신
학교에서 수학했다. 그 후 스위스의 베른과 독일 헤센주 프랑크푸르트에서
가정교사 생활을 했는데, 이 때 청년기 헤겔의 사상을 보여주는 종교와 정
치에 관한 여러 미출간 단편들을 남겼다. 독일 바덴뷔르템베르크주 하이델
베르크 대학에서 교수직을 역임한 후, 1818년 독일 베를린 대학의 정교수로
취임했다. 주요 저서로 《정신현상학》, 《대논리학》, 《엔치클로페디》, 《법철학
강요》, 《미학 강의》, 《역사철학강의》 등이 있다. 1831년 콜레라로 사망했으
며, 피히테 옆에 안장되었다. [위키백과]

예술이란 이 두 측면을 사유스럽게 해석하는 통체적 개념
이다. 예술작품의 탁월성은 바로 이러한 관념과 형태, 형상
이 멋지게 어울려져 나타나는 긴밀함과 결합의 정도에 달려
있다. 예술은 정신적 관념을 알아보기 위한 통로이다.

영국의 미술 비평가, 사회개혁론자, 근대 공학의 선구자
인 러스킨(Ruskin)[42]은 그의 저서에서 예술을 다음과 같이
피력했다. 예술은 사람의 혼을 표현하며, 다른 사람과 대화
를 하는 사회나 문화의 이해를 의미한다. 예술은 사회가 아
직 보지 못한 것을 보는 힘을 가졌고 그것을 표현한다.

예술에 있어서 창작의 고뇌를 받치고 있는 주요 기능이
평화라는 사실이다. 인류 대대로 이 평화의 경험을 예술가들
이 수많은 타인을 위해서 일정한 재능을 가지고 아름다움을
창조하고 있다. 이것이 예술이다.

예술적 사고와 행동양식을 위해서 피력하다시피 사람과
사람 간에 평화라는 커뮤니케이션이 있기에 가능하다. 사람
과 사람간의 평화의 다리가 존재하지 않는다면 우리가 어렸
을 때 소풍 길에서 만났던 출렁다리의 공포심처럼 매우 위험

---

42) 존 러스킨 John Ruskin (1819-1900) 영국의 작가, 화가, 예술 평론가 사회
철학자. 1843-1860년 사이에 방대한 근대 예술사를 집필했으며 1869년부터
옥스포드 대학에서 예술사를 가르쳤다. 다재다능한 예술사가, 사회개혁가로
서 19세기 후반 영국 사회에 지대한 영향을 미친다. 그는 미의 복음서라는
말을 자주 했는데 이는 예술, 정치와 경제가 서로 융합한 것을 말하며 중세
예술의 실무를 이상적인 것으로 보고 본받을 것을 종용했다. [위키백과]

한 상황을 만날 수 있다. 그래서 예술의 경험은 곧 평화에 의해서 찾아볼 수가 있다. 그 경험을 여자들은 생활 속에서 찾으려 한다. 남자들은 평화의 개념을 사업과 성공, 이벤트로 연결시키도록 노력한다.

이렇게 다져진 평화의 기반이 현대인은 물론이고 미래의 인간에까지 큰 영향을 미치기 때문에 예술과 평화는 자전거 두 바퀴처럼 아주 중요하다.

예술은 더구나 즐거운 놀이처럼 즐거운 결과를 유발해야 된다. 어떤 예술가들은 독립적으로 또는 외로움 속에 자연과 더불어 혼자만의 아름다움을 창조하지만 이는 별개의 예술로 구별해야 한다.

즉, 그것은 만인을 위한 대중예술이 될 수 없다. 대중을 위한 예술의 기능은 평화와 조화된 인간의 정신을 평온하게 유지하는 데서 그 의미를 찾아볼 수 있다. 특히, 침묵예술43) 이라 불리는 미술은 인간의 정서나 상상력, 창조적 뇌 발달

---

43) 1951년에 무음 예술가 존 케이지는 하버드 대학의 무향실을 간 적이 있었는데, 케이지는 그 방이 조용할 것으로 기대했지만, 그는 후에 이렇게 썼다. "높은 소리와 낮은 소리, 두 개의 소리를 들었다. 공학자한테 이 이야기를 하자 그는 나에게 높은 소리는 내 신경계가 돌아가는 소리이고, 낮은 것은 혈액이 순환하는 소리라고 말했다." 무엇이 진실인지를 떠나서, 그는 완벽히 소리가 나지 않을 것이라고 생각한 곳에서 소리를 들은 경험을 한 것이다. "내가 죽을 때까지도 소리는 남아 있을 것이다. 내가 죽은 후에도 그것은 계속 있을 것이다. 음악의 미래에 대해서 두려워 할 필요는 없다." 절대적인 무음은 없다는 발견이 존 케이지로 하여금 〈4분 33초〉를 쓰게 한 계기가 되었다. [위키백과]

로 이루어져 있다.

예술이라는 ART(아트)는 학문의 가장 기초적인 분야로서
그 학문의 완성을 위해서 같이 따라다니는 동무와 같은 것이
다.

**예술은 평화의 개념을 동반했을 때 비로소 완성된
예술이라고 평가할 수 있다.**

과거 고대시대에 동굴의 벽화를 여러 매체에서 볼 수 있
다. 그 동물의 벽화를 보면 그때는, 정지되어 있지만 만약
그런 것이 현실로 나타나면 무서운 수렵이나 죽음을 동반하
는 사냥을 볼 수 있는데 이 분야를 과연 예술로 다룰 것인
가?

그것은 예술이 아니라고 본다. 왜냐하면 존엄한 생명을
해치는 것은 예술로 평가해서는 아니 된다. 그러한 피를 동
반하는 그림이나 동굴 벽화는 사실, 예술이라는 영역보다는
역시나 문화의 한 부분으로 봐야 한다.

아무리 작은 미물의 생명체라도 그들을 헤치면서까지 예

술을 주장할 수 없다. 예술은 평화의 개념을 동반했을 때 비로소 완성된 예술이라고 평가할 수 있다.

순수한 목적을 가진 실용적인 예술이라도 그 실용의 영역에서 연속적인 평화의 기록이 없다면 그 예술은 결국은 경직된 평가를 받을 것이다.

예술은 전쟁과 평화라는 양극화 속에서 소재를 창출하지만 결국은 그 작품이 미술의 형식이든 음악의 형식이든 간에 평화의 그릇이 필요하다. 그 평화라는 그릇 안에 모든 예술을 담을 수 있다.

이를테면 가정에서 가정주부가 샐러드를 만들 때 여러 가지 야채와 과일을 넣어서 어울리게 하는데, 결국 그것을 먹는 사람은 매우 맛있고 건강한 기분을 느낄 것이다.

그 샐러드 하나가 기능적인 면에서 두 가지 기능을 안겨주었다. 하나는 맛있는 시간을 안겨주었고 또 하나는 인체의 평온함을 느끼기에 아주 좋은 소재인 것이다.

예술을 크게 전통예술과 현대예술로 나눠볼 수가 있다. 전통예술이라 함은 근대 역사의 공연이나 회화 속에서 전통예술을 찾아 볼 수가 있는데 역시 평화라는 장식이 곳곳에 숨어있다. 평화라는 장식이 없는 전통예술은 그냥 우리는 전통 문화, 전통 역사로 분류를 해야 된다.

현대예술을 하는 무용가가 인간의 해골을 들고 춤을 추다 든기 또는 어넌 사진작가가 인간의 죽어가는 과정을 수백 장을 찍어 남긴다던가 하는 일련의 퍼포먼스44)는 진정한 예술로 볼 수 없다.

자살자의 죽음의 순간을 남기는 그 짧은 찰나에 그 사진작가는 자살자를 구해야 할 도덕을 가지고 있어야 한다.

자살은 그 어떤 예술로도 아름답게 또는 평화롭게 미사여구를 써서는 안 된다. 그러나 죽음을 위로하는 그런 망자의 춤은 떠나간 영혼에 대한 평화의 메시지 일수도 있다고 느껴진다.

[그림; 피카소작 게르니카]

---

44) 행위의 시간적 과정을 중시하여, 실제 관중 앞에서 예정된 코스를 실연(實演)해 보이는 다양한 예술 행위의 총칭. 특히, 미술에서는 회화나 조각 작품 등에 의하지 않고 작가의 육체적 행동이나 행위에 의해 어떤 조형적 표현을 나타내고자 하는 것을 말함.. [위키백과]

평화 교육장

한국사회에서는 아직 생소하지만 경제적 불평등과
심각한 식량난으로 인한 빈곤 등의 모든 문제가 사실은
가장 근본적인 것이 집이라는 개념에서 출발해야 한다.

지구촌 전체에 영향을 미치는 가장 큰 요소가 마을이라고 할 수 있다. 그 마을을 구성하는 요소 중에 가장 기본이 집이라는 요소이다. 집은 사계절 기후변화에 가족을 보호해 주고 하루의 피로를 푸는 쾌적한 장소라 할 수 있다.

얼마 전 유엔에서 사랑의 집짓기 운동45)이 벌어진 것도 그러한 맥락에서이다. 이러한 집을 완성하면서 집을 짓는데 온갖 기술과 봉사를 아끼지 않는 그 사람들은 집이 완성된 후에 커다란 평화를 맛본다고 한다.

바로 이러한 것이 국제적으로 운동이 벌어지고 있는 피스 빌리지 네트워크라고 할 수 있다.

---

45) 아프리카 케냐에 본부를 두고 있는 UN해비타트는 '사랑의집 짓기 운동'을 하는 사단법인 한국해비타트와 '완전히' 다른 곳으로 .UN해비타트는 전세계 도시화와 청년과 관련된 '삶과 정주' 전반에 지원활동을 하고 다음과 같은 보고서를 쓰는 'UN산하 국제기구'이다. <2030,셋에 둘은 도시에 산다-한겨레신문>

한국사회에서는 아직 생소하지만 경제적 불평등과 심각한 식량난으로 인한 빈곤 등의 모든 문제가 사실은 가장 근본적인 것이 집이라는 개념에서 출발해야 한다.

사람들은 태어나서 부모 품을 떠나 자신의 힘으로 첫 번째 집을 만나기까지 그 과정은 힘들겠지만 그 행복한 느낌은 이루 표현할 수가 없다. 이러한 문제의식에 접근하고자 국제적인 시민 네트워크에서 피스 빌리지 운동이 벌어지고 있다.

대한민국에서 피스빌리지 운동은 매우 중요한 인식변화에서 그 해답을 찾을 수가 있다. 김일성이의 오판으로 외세의 세력을 업고 남침한 6.25 한국전쟁이라는 문명사적인 대혼란을 겪은 대한민국은 이제 새로운 인식변화가 필요할 때이다.

나는 그 해법을 먼 나라에서 찾지 않고 가까운 DMZ비무장지대에서 찾고 싶다. 알다시피 비무장지대는 전세계 환경운동가들이 찾고 싶어 하는 청정지역이다. 남, 북한 대치 속에서 유일하게 평화로운 동물과 식물의 서식지가 바로 비무장지대이다. 그 비무장지대에 세계 평화 마을을 만드는 아이디어는 대단히 이상적인 생각이라고 볼 수 있다.

이제 그 생각이 실현될 날이 얼마 남지 않았다. 남북한 대표들이 그 휴전선에서 평화롭게 손잡는 모습이 전세계에 방영되었다. 아마도 그 악수의 내면에는 이제 전쟁을 종식시키고 함께 평화로워져야 한다는 뜻이 있을 것이다.

그러한 생각이 내가 주장하고 있는 푸른 생명이 움트는 비무장지대에 평화의 마을을 조성하는 것이다. 이 평화 마을에는 남북한 사람들만 이주해 사는 것이 아니고, 전세계 사람들이 자유롭게 왕래할 수 있는 월드 마켓, 세계 미니 시장을 만들고 싶은 것이 또 하나의 평화 운동이라 할 수 있다.

세계적인 NGO 네트워크들도 한반도에 영구적인 평화를 가져올 수 있는 아이디어가 비무장지대에 UN과 6.25 한국전쟁 참여국가와 같이 뜻을 모아 평화교육장을 만드는 것이다. 세계 각지에 상생 시민 단체, 종교단체, 그린리더들이 행동변화를 시작할 때가 되지 않았나 보고 있다.

남북한 중립 비무장지대인 공개지대에 생태계를 연구하는 세계적인 연구기관, 그리고 기후변화를 연구하는 그러한 행동리더들을 양성하는 국제적인 대학도 설립이 가능하지 않을까 본다. 분명히 좋은 성과가 있을 것이다.

그 첫 번째 성과 중에서 가장 위대한 성과는 남북한이 더 이상 전쟁을 하지 않고 평화를 위한 활동과 사람들이 모여 사는 그 평화마을은 지구촌에 가장 평화로운 상생 모델이 될 것이다.

중앙아시아 실크로드를 한번 따라가 보자. 실크로드가 만나는 그리한 삼각지대에는 분명히 실크로드 마켓이 존재한다. 각 지역에서 나오는 특산물을 매매하거나 물물교환하는 평화시장이 형성되는 것이다.

그러한 실크로드 후손들이 지금도 우즈베키스탄에 가면 그 실크로드를 그대로 재현해 놓았다. 그 실크로드 막사마다 도자기, 공예를 파는 지역이 있고 어떤 막사는 차와 향신료를 파는 마켓이 있고 또 어떤 막사는 비단과 옷감을 팔고 있다.

이러한 실크빌리지에는 또한 숙박업이 발달할 수밖에 없는데 먼 길을 오느라 피곤해 지친 말과 노새가 휴식을 취할 수 있는 마구간과 실크로드 상인들이 숙박을 취할 수 있는 휴계공간이 그 실크 빌리지에 모두 조성되어 있다.

그 실크 빌리지가 아이티(IT) 시대에 와서 찬란한 역사였지만 지금은 단연코 평화빌리지를 연구하는 역동적인 프리젠테이션을 만들고 싶다.

→ World The World

세계 속에 세계를 만드는 천연 생태계 도시가 비무장지대 피스빌리지라고 얘기하고 싶다. 언제부턴가 우리는 DMZ평화

마을이라는 프로젝트를 가지고 희망찬 꿈을 설계한 적이 있다. 어떤 사람들은 설계와 측량을 해보고 어떤 식물학자는 세계적인 희귀식물 발전에 설레임을 가지고 있다.

그뿐만이 아니라 수천 가지 이름 없는 꽃 중에 꽃을 찾아가려는 야생화 연구가들이 많은 희망을 품은 지역이 비무장지대 평화마을이다.

몇 년 전 국회의원을 지낸 모 인사가 이 비무장지대에 세계 최고 높이에 피라미드타워를 지어보자고 했다. 이 피라미드타워는 호텔과 상업시설 그리고 연구소와 일반 회사들이 세계적인 두뇌를 가지고 모여드는 중심호텔과 같은 개념이 될 것이다. 이러한 피스타워는 자연스럽게 많은 사람들에게 평화의 탑으로 불려 질 것이다.

당연히 비무장지대 평화의 마을은 무장해제 지역이 될 것이다. 많은 사람들은 총과 칼이나 무기를 가지고 있어야 자기 나라를 지킬 수 있다고 생각한다. 이러한 무서운 현실이 망상이 될 수 있도록 비무장지대 평화마을은 전세계의 평화 교과서가 될 것이다.

전 세계 사람들이 부분적으로 모이다 보니까 비무장지대 평화마을은 세계 시민들이 모이는 작은 평화지역이라고 할 수 있다. 아마 이러한 네트워크가 유엔에서도 연구가 된다면 대단히 평화마을이 빨리 일으켜지는 계기가 될 것이다. 작은 평화지역 차원에서 이러한 평화마을을 새롭게 개척한디먼 남, 북한은 전세계에 사람들에게 평화의 모델이 될 것이다.

물론, 이 평화 마을에서는 오염을 유발하는 그 어떤 공장도 설치할 수 없다. 천연 생태계를 보호하고 관찰하고 관광할 수 있는 그런 프로그램만으로 충분히 전 세계 사람들의 둘레길이 될 것이다. 아마 미래시대에는 그 둘레길 안내 가이드를 드론이 담당하는 재미나는 생태계 프로그램이 될 것이다.

남북한 특산물을 이동하는 것도 결국은 택배회사가 아니라 드론회사에서 정말 새로운 택배를 시작하지 않을까 생각한다. 평화마을은 구상단계를 떠나 실현을 준비할 시대가 오기를 간절히 바란다.

평화를 위해 전쟁을 기억하라

평화는 전쟁을 예방하기 위한 시간이지만, 그 평화로운 시대에
전쟁을 방어할 힘을 키워야 한다

"노병은 죽지 않고 다만 사라질 뿐이다. "

이것은 인천 상륙작전의 영웅, 더글러스 맥아더 장군이 현역에서 은퇴할 때 미의회 합동회의의 연설에서 한 불후의 명구다.

한국의 맥아더 장군이라고 할 수 있는 6.25 전쟁의 영웅 백선엽 장군이 조용히 세상을 하직하였다. 한국군 최초의 4성 장군이자 우리 민족의 얼룩진 상처, 6.25 전쟁의 영웅으로 그 동안 평가되어 온 백선엽 장군.

백선엽 장군은 1920년 평안남도 강서에서 출생하여 2020년 7월 10일 영면에 들었다. 백선엽 장군에 대한 평가는 그 수상을 봐서도 알 수 있다.

2010년 코리아 소사이어티 밴플리트상

2005년 캐나다 무공훈장

2003년 한미 우호상

그는 이런 상을 비롯해서 국내에서 수많은 상을 수상하였다. 백선엽 장군[46]은 1945년 만주군 중위로 있을 당시 광복을 맞이하였다. 그 때 그는 만주에서 평양으로 돌아오자마자 독립운동가 조만식 선생의 비서로 활동하였다.

그는 1946년 국군의 전신인 남조선 국방경비대 5연대 중대장을 맡았으며, 1950년도 일사단장으로 한국전쟁에 참전하였다. 한국전쟁 중 특별히 공을 세운 것은 다부동 전투며 32세에는 대한민국 최초 대장에 올랐다. 또한 그는 1952년 정전회담 때 한국 측 대표단의 한 사람으로서 참여하였으며, 예편 후에는 박정희 대통령 시절에 교통부 장관을 역임하였다.

---

46) 백선엽(白善燁, 1920년 11월 23일 ~ 2020년 7월 10일 은 대한민국의 육군참모총장·합동참모의장 등을 지낸 군인이자 교통부 장관 등을 지낸 관료이다. 만주국 육군군관학교 제9기로 졸업하여 간도특설대에서 장교로 복무하였다. 1945년 만주군 중위로 있을 때 광복을 맞아 평양에 돌아왔고, 독립운동가 조만식의 비서로 활동하다가 소련이 진주하자 그해 12월 월남했다. 1946년 군정기 남조선국방경비대 제5연대 중대장, 1949년 제5사단장이 되었으며, 1950년 개성 제1사단장으로 승진한 이후 한국 전쟁에 참전하였다. 미군과 함께 다부동 전투 등에서 전공을 세우며 32세에 대한민국 국군 최초의 대장에 올랐고, 태극무공훈장과 미국 은성무공훈장을 받았다. 1952년 휴전 회담 때 한국측 대표단의 한 사람으로 휴전 문서 조인식에 참석했다. 예편 후에는 교통부 장관을 역임하고, 중화민국·프랑스·캐나다 대사 등을 지냈다. 2020년 7월 10일에 99세의 나이로 별세하여 국립대전현충원에 안장되었다. [위키백과]

백선엽 장군은 유년시절에는 말수가 적고 내성적이며 문학소년을 꿈꾸었다고 한다. 그만큼 그는 책을 좋아하였고 독서와 신문사설을 주로 읽었다. 그는 자라면서 군인의 꿈을 꿨으며 마침내 만주국 봉천군관학교에 진학하였다. 이리하여 그는 문무겸전의 인물로 성장할 기틀을 마련하였다.

　여기서 우리가 기억할 것은 백선엽 장군이 1926년 7살의 어린 나이에 아버지를 여의었다는 사실이다. 그는 아버지가 돌아가시자 주변 의지할 친척이 없고 동생들과 함께 어머니를 모시고 어렵게 생활하였다.

　그는 한때는 너무 힘든 나머지 대동강에 뛰어들어 자살하려고까지 했다고 한다. 그의 삶이 얼마나 고달펐을까. 그리고 그가 얼마나 큰 시련을 겪으며 성장했는가를 우리는 짐작할 수 있다.

　그의 홀어머니는 길쌈과 밭일을 주로 하면서 자녀들을 키웠으며 누나들은 공장 직공으로 취직하여 어려운 생계를 꾸려나갔다. 노동은 이 가정의 일과였으며, 노동은 이 가정을 지탱하는 수단이었다.

　우리가 전쟁터에서 조국을 지켰던 백선엽 장군을 통해서

알 수 있는 가장 중요한 것은 평화는 기필코 맨손으로 지켜지지 않는다는 사실이다.

힘이 없으면 평화를 지킬 수 없다. 온몸을 던져 6.25 전쟁을 겪었고, 또 승리로 이끈 백선엽 장군이야말로 우리가 알아야 할 전쟁의 영웅인 동시에 평화의 영웅이다.

평화는 전쟁을 예방하기 위한 시간이지만, 그 평화로운 시대에 전쟁을 방어할 힘을 키워야 한다. 그리하여 우리는 전쟁에 참여했던 장군을 통해 전쟁의 기억을 항상 생각하고 얼마나 평화가 소중한가를 느낄 수 있다. 그가 많은 사람이 죽은 전쟁을 통해 얻고자 했던 것은 무엇인가? 그것은 바로 평화다.

백선엽 장군은 살아계실 때도 늘 우리가 어디에서 힘을 얻을까 생각하였는데 중국은 믿을 수 없고 미국과 함께 가야한다 하였다. 지나놓고 보니 그의 입장이 얼마나 정확하고 건전한지 우리는 알 수 있다.

백선엽 장군이 사실상 대한민국에 남긴 유언은 한국과 미국의 안보를 강화해야 한다는 것이다. 4대 강국에 둘러싸여 있고 외침을 끊임없이 받아온 대한민국은 안보 없이는 평화를 지킬 수 없다.

6.25 전쟁은 북한 인민군의 남침과 중공군의 참전으로 초래된 대 재앙이다. 국토가 찢기고, 건물이 파괴되었으며, 무수한 인명이 살상된 뼈아픈 경험과 그때의 아픈 상처, 전쟁을 통해 배웠던 북한과 중국의 실체, 남북관계의 중요성과 한미동맹에 대한 확고한 소신을 백선엽 장군은 항상 기억하고 있었다.

힘이 없으면 평화를 지킬 수 없다. 온몸을 던져 6.25 전쟁을 겪었고, 또 승리로 이끈 백선엽 장군이야말로 우리가 알아야 할 전쟁의 영웅인 동시에 평화의 영웅이다.

"평화를 위해 전쟁을 기억하라. "

백선엽 장군은 늘 이 말과 함께 자유와 평화는 절대로 공짜가 없다는 말을 만나는 사람들에게 해주었다.

가령 어떤 사람이 평화를 위해 무장을 해제해야 한다고 말하면 그것은 영면 즉 영원한 평화를 위해 숨을 끊어야 한다는 말처럼 자가당착이다. 전쟁에서 승리해야만 유지되는 평화를 무기를 꺾어서 달성하려고 하는 사람은 노예를 자처하는 것과 다름이 없다.

우리가 누리는 자유와 평화야말로 피나는 노력과 고귀한 희생의 대가리는 것을 우리는 잊어서는 안 된다. 구걸이나 무력을 약화시킴으로써 평화를 달성할 수 있다고 믿는 사람들은 상대방의 위장 평화공세가 있다는 사실을 몰각한 데서 나온 망발이 아닐까?

　　한미동맹47)은 상대방을 침범하려고 만든 것이 아니다. 이것은 우리나라의 평화를 지키기 위한 굳건한 대비태세의 일환이다. 평화를 내세우면서 전쟁을 준비하는 세력에 맞서 대한민국을 지키는 강력한 방패가 한미동맹이다.

　　대한민국은 한미동맹이 성공적으로 유지되었기에 그 안에서 경제활동에 전념하였고 세계만방에 경제대국이라는 사실을 표방하게 된 것이다. 한미동맹이야말로 한국을 지탱하게 하는 발판이요, 한국을 경제대국으로 서게 하는 기둥이다.

　　이러한 원동력과 에너지는 평화의 사자, 백선엽 장군과 같은 훌륭한 장군과 병사들이 있기에 가능했던 것이다. 애국심으로 충만한 군인들이 조국의 방패인 동시에 활력의 동력이다.

---

47) 한반도에서 북한의 전쟁 재발을 억제하기 위하여 미국은 이승만 대통령과 논의한 결과 "한미상호방위조약(Mutual Defense Treaty between the Republic of Korea and the United States of America)"이 체결되어 한미동맹관계는 법적·국제적 기반을 마련했다. 이 조약은 1953년 8월 8일 서울에서 가조인되었고, 10월 1일 워싱턴 DC에서 정식 조인되었으며, 양국 국회의 비준을 거쳐 1954년 11월 18일부로 발효되었다 [출처: 한국민족문화대백과사전]

결론적으로 말하면 북한의 도발을 억제하는 힘은 우리 민족의 강인한 결속력과 자유민주주의 평화를 향한 정신력과 한미동맹에서 나온다. 우리는 굳건한 자유만주주의를 지키고 어느 나라 누구도 우리나라를 침범할 수 있다는 나쁜 환상을 깨야 한다.

백선엽 장군은 한국보다도 미국에서 더 많이 알려진 장군이다. 미국에서는 그를 살아있는 전설(living legend)이라고 부른다. 미국의 장성들이 한국에서 백선엽 장군을 찾아뵙고 인사하며 무릎을 꿇기도 하는 모습을 볼 때마다 우리는 가슴이 뭉클했다.

한국전쟁의 영웅, 백선엽 장군을 영원히 기억한다는 미국인들의 메시지를 보면서 그는 생전에도 자신을 노병으로 불러 달라, 만약 전쟁이 나면 군복을 입고 다시 나갈 것이다. 그리고 그때로 다시 돌아가도 나는 같은 선택을 할 것이다. 그 선택은 평화를 지키는 사자가 되는 것이라고 말한 백선엽 장군.

백선엽 장군은 우리 곁을 떠나갔지만, 장군이 남긴 흔적은 곧 대한민국의 발전으로 이어지고 평화의 초석을 놓은 영웅으로 영원히 기억될 것이다.

고인은 살아있는 6.25 전쟁의 영웅으로서 생시에 죽음을 두려워하지 않는 용장이었다. 숱한 생사의 고비를 넘나들며 공신군과 싸우면시 일사단장 시절에는 디부동 전투에서 불멸의 승전 기록을 남겼다.

그는 무서움과 공포에 질려 뒷걸음질 치는 부하들을 가로막고서는, 이런 말을 했다고 한다.

"나라가 망하는데 어딜 가려 하느냐.
미군이 싸우고 있는데 우리가 이러면 안 된다.
내가 앞장설 테니 날 따르라.
만약, 내가 물러선다면 나를 쏴도 된다."

그리고 그는 권총을 들고 겁먹은 병사를 용기 있는 병사로 바뀌게 해주었다. 또한 그는 인천상륙작전48)이 성공할 수 있도록 여러 가지 발판을 만들었다.

백선엽 장군은 대한민국을 지켜온 역사 그 자체다. 백선엽 장군은 대한민국을 있게 한 위대한 삶을 살았으며, 우리 가슴속에 살아있는 전설로 영원히 남을 것이다. 우리 국민 가운데 누구도 백선엽 장군의 삶을 무시하거나 정치적으로

---

48) 인천 상륙 작전(仁川上陸作戰, 영어: Operation Chromite)은 한국 전쟁이 한창이던 1950년 9월 15일 UN군 사령관 더글러스 맥아더의 주도로 진행된 상륙작전이다. 이 작전에는 7만 5천여 명의 병력과 261척의 해군 함정이 투입되었다. 2주 후 유엔군은 서울을 점령하게 된다. 작전 암호명은 크로마이트 작전(Operation Chromite)이었다.. [위키백과]

악용해서는 안 된다. 그것은 한국의 자랑스러운 역사에 대한 거부요, 강인한 애국심에 대한 폄훼가 아닐 수 없다.

우리는 백선엽 장군의 역사적인 큰 걸음을 항상 기억해야 한다. 어렸을 때의 경제적 고통, 우리 시대의 아픔을 몸소 체험한 그는 목숨을 걸고 조국을 지켜왔던 것이다. 그의 영면이 헛되지 않도록 살아있는 우리들은 이 나라를 진심으로 책임지고 잘 지켜야 한다.

국내외의 주요 언론은 백세를 일기로 별세한 백선엽 장군을 애국자로 추모하였다. 대한민국의 자유와 평화의 고지에서 숭고한 헌신과 투철한 군인정신으로 국민의 생명과 지금의 평화시대를 연 백선엽 장군은 우리의 기억 속에서, 그리고 역사에서 영원히 자리 잡을 것이다.

한미동맹 71주년 그리고 평화

한미 양국은 더욱 굳건한 상호연합방위 태세를 유지하며
언제든지 한반도가 위기에 처해 있을 때는 목숨을 바쳐
희생과 용기로서 한국을 구할 것이다.

올해 즉 2021년은 6.25 전쟁 71주년 그리고 한미동맹은
**1953년 10월 1일 한국과 미국 간에 조인되고 1954년 11월
18일에 발효되었으며** 67주년이 되는 역사적인 해다.

남과 북은 한미동맹 67주년을 맞아 그 동안 여러 번 제
기되어 왔던 남북 합의를 서로가 정직하게 준수해야 하며 그
과정에서 비핵화를 위한 외교 노력을 지속해야 한다.

물론 한미연합훈련이나 한미공조외교 등은 수도 없이 협
력을 해왔듯이 앞으로도 계속해서 확고한 의지를 가지고 평
화를 지키려는 한미 간의 우의를 증진시켜야 한다.

군사 합의, 경제 합의, 이에 따른 모든 원칙은 평화라는
약속을 준수하기 때문에 존재하는 것이다. 대한민국의 완전

한 비핵화와 평화지대를 위한 외교적 노력은 오늘도 계속되고 있다.

그러나 2020년도에는 특별한 사건이 전개되었다. 삐라 사건으로 인한 북한의 강경 대응으로 남북공동연락사무소가 폭파되는 최고로 긴장된 순간을 우리는 맞았다. 그렇지만 한미간의 피로 나눈 혈맹은 이를 결코 좌시하지 않을 것이다.

우선 우리 한반도에 영구적인 평화와 번영을 위해서 한미 공동 평화의 세력들은 끊임없이 철통같은 공약을 지킬 것이다. 이를 위해서 동북아의 평화와 안보를 유지하기 위한 시너지 창출을 모색할 수 있다.

남한과 북한의 상호 평화적인 노력을 했을 때 곧이어 동북아의 평화는 더욱 더 공고히 유지되는 것이다.

최근에도 알 수 있듯 한국 측의 코로나 19와의 전쟁에서 한국 의료진과 한국 국민들이 보여주는 효과적인 대응성과 투명한 정책은 세계로 하여금 한국을 모범적인 코로나 전쟁 승리 국가로 인식시키고 있다.

그만큼 한국 국민은 위기가 닥칠수록 더욱 더 강렬한 시너지 효과를 내는 특성을 지니고 있다.

한미 양국은 6.25 전쟁 71주년 공동 발표문을 통해서 더욱 굳건한 상호연합방위 태세를 유지하며 언제든지 한반도가

위기에 처해 있을 때는 목숨을 바쳐 희생과 용기로서 한국을
구힐 것이다.

**한미 양국은 어떠한 상황에서도 한미 동맹을 굳건히
하면서 모든 문제를 해결하고 미래에 더욱더 양국의 평화를
위해 공조하고 있다. 굳건한 한미동맹만이 북한의 핵무기를
없애고 북한의 오판과 도발을 저지할 수 있다.**

한국과 미국은 1953년 정전협정[49] 이후, 한국 전쟁에서
피를 흘리다 장렬히 사망한 국내외 장병들에 대한 경의를 표
하면서 지금도 첨단 장비를 가지고 그들의 유골을 찾는 데
전념하고 있다. 아직도 전쟁은 끝난 것이 아니다.

다만 휴전하고 있을 뿐 언제든지 남북한은 위험한 시간을
예고한다고 봐야 될 것이다. 우리나라의 젊은 군인들은 지금
까지도 수많은 선배 군인들의 유골을 찾으면서 더욱 더 변함
없이 이 나라를 굳건히 지키고 있다.

---

49) 한국 군사 정전에 관한 협정은 한반도에서의 전쟁 행위를 멈추게 한 휴전협
   정(armistice)을 말한다. 휴전 협정의 의무 조항으로 평화 협정을 3개월 안에
   휴전 협정 당사국 간에 논의가 되어야 했다. 그리고 이후 1954년의 제네바
   회담에서 한반도 평화협정에 대해서 구체적 논의가 되어야 했지만, 미국측의
   협상 회피로 인해서 실질적으로 깊은 논의가 되지 못하였다

한국은 현재와 미래를 막론하고 북한의 도전을 앞에 두고 있다. 왜냐하면 북한은 사회주의헌법 위에 있는 조선노동당 규약으로 공산화 통일을 못 박고 있기 때문이다.

그러나 한미 양국은 어떠한 상황에서도 한미 동맹을 굳건히 하면서 모든 문제를 해결하고 미래에 더욱더 양국의 평화를 위해 공조하고 있다. 굳건한 한미동맹만이 북한의 핵무기를 없애고 북한의 오판과 도발을 저지할 수 있다.

한미 동맹의 역사적인 필요성을 시작으로 양국 군인들 간의 사기 진작과 우의 증진으로 더욱 더 한미 친선 조약은 앞으로도 계속 되어야 할 것이다. 한미 연합 군인들의 위풍당당한 훈련을 보며 우리는 밤에 깊은 잠을 편히 잘 수 있는 것이다.

한국과 미국은 강인한 동맹 관계를 기점으로 매년 한미 친선의 밤을 통해서 상호간의 네트워킹을 형성하면서 친목을 도모하고 한미 간의 미래 비전을 약속하는 시간을 갖기도 한다. 또한 양국 국민 간 상호 이해와 친선 증대를 위해서 한미 간의 우정의 가교를 놓는 사람에게 한미 우호상을 수여하기도 한다.

한미 간의 우정을 위해서 반기문 전 UN 사무총장은 한국전쟁 이후에 매우 가난했던 대한민국이 이제 수출 규모 세계 6위권을 맴도는 강국으로 변신한 역사상 가장 눈부신 성장

과 민주주의 발전에 대해 한국과 미국에게 깊은 감사를 드리
며 평화를 위한 행진에 끊임없이 노력해 줄 것을 상소하기도
하였다.

반기문 전 총장은 유엔의 이익과 한미동맹의 중요성을 수
없이 강조하였다. 2006년 12월 15일은 한국 역사상 처음으
로 유엔 사무총장이 된 날이다. 이것은 역사적인 쾌거다.

6.25 전쟁을 보더라도 주변국들의 원조를 받던 작은 대한
민국에서 어떻게 세계 대통령이라 할 수 있는 반기문 유엔
사무총장이 탄생했단 말인가? 이것은 대한민국의 자랑이라고
아니할 수 없다.

반기문 전 총장은 분쟁국가의 평화적 해결과 지구 온난화
문제를 풀고자 많은 노력을 기울였으며 세계 인류 공영과 행
복한 평화의 시간을 유지하는 데에 많은 연구를 했다. 그는
4년 6개월이라는 임기 동안 이러한 공로로 지구촌의 많은
사람들로부터 찬사를 받았다.

1962년 워싱턴에서 케네디 대통령의 연설을 듣고 있던
반기문 고등학생의 꿈은 청년을 거쳐 장년이 되면서 UN 사
무총장에까지 오를 수 있었지 않았나 생각해본다.

반기문 전 총장은 자신의 평화로운 꿈을 포기하지 않고
한 길만 걸어왔다. 평화의 세계를 위한 열정과 그 독서를 통
해서 그는 UN이라는 기구를 아주 획기적이고 평화로운 집단

으로 만들려고 노력했다.

케네디 대통령은 JFK라는 말씀을 많이 했는데, 그것이 바로 한국에서 막 도착한 소년 반기문을 뜻한다. 그것은 영어로 Just From Korea다.

반총장은 재임시절에 전세계의 평화와 화합을 위해서 어떤 일을 할 것인지 항상 그 과제를 여러 참모들과 훌륭하게 의논하고 그것을 실현했던 것이다. 그는 존경할 만한 리더가 되기까지는 수많은 고통과 좌절이 있었으나 고등학교 시절의 케네디 대통령의 연설을 들으면서 그것을 인생에서 놀라운 반전의 발판으로 삼았던 것이다.

반기문 전 UN 사무총장은 주로 독서를 즐기는데, 환경에 관한 책들을 많이 보고 그 환경을 유지하기 위한 평화의 텍스트를 다독하는 것으로 널리 알려져 있다. 그만큼 반기문 전 총장은 내면의 독서를 통해서 주위를 성장시키는 에너지를 발견한 것이다.

대한민국이 우여곡절을 겪어오면서도 선진국의 반열에 빠른 속도로 진입한 것은 경이로운 일임에도 불구하고 최근에는 의외의 복병을 내부에서 마주치고 있다.

그것은 과거의 가부장적인 제도에서 새로운 핵가족화 정책으로 바뀌면서 초래되는 부작용이다. 그 핵심은 교육의 확대와 산업화, 도시화를 거치면서 젊은 남녀가 미래의 세대를 위한 노력을 등한시하면서 인구 지표가 급격하게 축소되고 있디는 사실이다.

정부와 성인들은 가족의 해체와 방만한 생활이 사회와 국가의 침체 내지 해체와 연결된다는 점을 젊은이들에게 인식시키고, 대한민국의 암울한 미래를 극복하기 위해서 출산율을 높여야 한다는 사실을 강조해야 한다.

대한민국은 가족계획을 활성화하기 위한 대책을 마련하고 있다. 이를 테면 생애 최초 주거환경을 위해서 무이자로 또는 저리로 자금을 지원하기도 하고, 신생아가 태어났을 때 각 시도별로 금전적 도움을 주기도 한다.

가장 중요한 포인트는 젊은 남녀들의 미래 지향적인 희망을 찾아내야 한다는 것이다. 정부와 성인들은 가족의 해체와 방만한 생활이 사회와 국가의 침체 내지 해체와 연결된다는 점을 젊은이들에게 인식시키고, 대한민국의 암울한 미래를 극복하기 위해서 출산율을 높여야 한다는 사실을 강조해야 한다.

최근 1인 가구의 증가와 변화는 개인들에게는 무척 평화롭고 행복할지 모르겠으나 국가적인 입장에서는 매우 불안하고 미래의 동력을 상실할 수도 있는 위기를 내포하고 있다. "체력은 국력이다"라는 구호는 "인구는 국력이다"라는 구호와 일맥상통한다.

특히 젊은 청년들이 군대를 가야 할 연령대에도 입영인원이 적다고 판단해 보자. 이는 곧 국방의 문제로 귀결되고 결국 그 국방력을 유지하기 위해서는 외국의 지원군이라도 와야 우리의 평화로운 나라를 유지할 수 있는 것이다. 청년들이 줄어드는 현상, 그리고 그 필연적인 결과로 파생되는 약한 국방력으로 우리가 어떻게 평화를 유지할 수 있겠는가?

우리는 6.25전쟁 71주년, 한미동맹 67주년을 맞아 대한민국을 굳건하게 지킬 결의를 더욱 공고하게 다지면서 적어도 다음과 같은 사항에 유념해야 한다고 생각한다.

첫째, 한반도에서 전쟁은 일어나지 않는 것이 바람직하지만 북한의 도발로 인해 언제 전쟁이 일어날지 모른다는 사실이다. 지금 한반도는 정전협정이 유지되고 있을 뿐 종전선언이 이루어진 것은 아니다.

일부 정치인들이 일방적으로 종전선언 운운하면서 초점을 흐리고 있다. 이것은 국제정치학의 역학관계상 매우 우스꽝

스러운 언동이라는 지적이 일고 있다.

미국과 한국은 서로 필요하며, 이 필요성은 한국을 지키는 필수과목이요, 이 필요성은 운전에 있어서 주행규칙이다.

거듭 말하거니와 대한민국과 북한은 정전협정이 유지되고 있을 뿐 전쟁이 끝난 것이 아니다. 훗날 종전선언을 한다면 그 당사자는 정전협정 당사자와 일치해야 한다. 그런데 한국의 일부 정치인들은 정전협정 당사자가 아니다.

정전협정 당사자는 유엔, 북한, 중국이다. 그러므로 종전 선언 운운할 자격이 없는 사람들이 종전을 언급하는 행위는 혼란만 초래할 뿐이 아니겠는가?

둘째, 한미동맹은 강화할수록 한미에게 공동으로 유익하다는 사실이다. 한국과 미국은 6.25 전쟁을 통해 피로써 맺어진 동맹이다. 모든 동맹 중에서 혈맹이 가장 고귀하고 강력하다. 사람도 의리를 중요시하거늘 국가가 어찌 이를 소홀히 할 수 있겠는가? 혈맹이란 단 한 마디가 알파요 오메가다.

어떤 사람은 미국이 한국을 지배하려고 원조를 해주었으며, 6.25전쟁은 미제의 침략으로 이루어진 것이라는 궤변을 늘어놓고 있다. 그러나 이런 주장은 전혀 설득력이 없다. 미국과 한국은 서로 필요하며, 이 필요성은 한국을 지키는 필수과목이요, 이 필요성은 운전에 있어서 주행규칙이다.

우리는 국민에게 안녕과 번영과 행복과 평화를 보장하기 위해 한미동맹이라는 발판을 더욱 단단하게 다지고, 한미동맹이라는 기둥을 더욱 똑바로 세우는 노력을 기울여야 한다. 이것이 6.25전쟁 71주년, 한미동맹 67주년을 맞는 우리의 책임과 의무다.

셋째, 한미동맹은 도전과 응전의 역사의 모델이라는 사실이다. 도전과 응전이라는 단어는 영국 사학자 아놀드 J 토인비가 역사의 연구라는 책에서 갈파한 바 있다. 적자생존의 도전에 응전하여 승리하는 것이 인간이요, 국가다

한국은 6.25전쟁을 이르킨 북한군 침략을 미국을 비롯한 유엔군의 응전으로 물리쳤다. 아직 전쟁이 끝나지는 않았지만 한국은 한미동맹에 힘입어 선진국의 문턱으로 들어섰다. 이것이 도전에 맞선 응전의 성공 케이스가 아니고 무엇이란 말인가?

정글 지대에서 살아남아야 하는 국가들의 공통점은 근본적으로 상호간의 다양성과 활력에서 찾아볼 수 있다.

한미 양국은 상상이 아닌 실질적인 친밀을 통해서 생존을 지키고 대내외적인 빌전을 기약할 수 있다.

한국은 6.25전쟁에서 한미동맹을 통해 조국을 지켰듯이 앞으로도 한미동맹을 기반으로 안보를 튼튼히 하고, 경제를 발전시키며, 평화를 유지하자.

PART **4.**

동북아 시대의 평화

『우리는 동북아시대의 평화는 결국 종교적인 카테고리안에서 불교의 정토 사상, 그리고 평화 이상주의적 사상과 융합하여 달성할 수 있다는 확신을 가지고 있다.

물론 여기에 예외는 있다. 바로 종교를 인정하지 않는 북한이라는 집단인데, 북한은 종교라던가 평화 같은 개념보다는 독재주의적이고 비인간적인 면이 강하다. 사실 동북아시대의 평화를 흔들 수 있는 존재가 북한이라는 사실을 우리는 잠시도 잊어서는 안 될 것이다.』

동북아시대의 평화

세계 평화에 앞서 동북아시아 평화벨트가 되는 것은
어쩌면 당연한 일일지도 모른다.

최근 들어 동북아시아 평화지대라는 말을 많이 듣곤 한
다. 세계 평화에 앞서 동북아시아 평화벨트가 되는 것은 어
쩌면 당연한 일일지도 모른다.

동북아시아는 한국, 일본, 중국 세 나라를 가리키지만, 넓
은 의미의 광역적 해석으로는 몽골과 러시아의 극동지역도
포함된다고 봐야 할 것이다. 동북아시아 지역은 지역적으로
광범위하고 세계적 이슈를 좌우해온 러시아, 중국, 일본, 한
국은 물론이고 징키스칸 시대에 세계를 제패했던 몽골 뿐 아
니라 대륙의 중국과 경쟁하면서 국력을 강화하고 있는 대만
을 포함하므로 매우 중요하다고 말하지 않을 수 없다.

동북아시아 중에서도 핵심인 한국, 일본, 중국의 특징은
역사적으로 계승 발전되어온 한자 문화권, 동양의학, 불교문

화권이라는 공통점을 갖고 있다. 물론 유교 문화가 있긴 하지만 대체적으로 한, 중, 일 세 나라는 한자와 불교의 영향을 매우 깊게 받았다 할 수 있다.

한자문화란 표의문자를 큰 줄거리로 한다. 한자 안에 오묘한 뜻이 들어 있으므로 한자는 사고력의 증진에 지대한 역할을 한다. 중국은 동이족이 만든 한자문화의 원류다. 일본은 한자어가 많이 포함된 일본어를 상용하고 있다.

다만 한국은 세계적으로 창조성과 실용성이 입증된 한글을 쓰고 있지만 낱말은 한자에서 유래한 것이 많다.

불교문화에 관해 좀 더 살펴보자. 물론 불교의 창시국은 인도다. 인도에서 부처님이 진리를 깨쳤다. 비록 인도가 힌두교의 나라이긴 하지만 부처님을 배출한 나라로서 역사에 그 이름을 찬란하게 등록시켜 놓고 있다. 오늘날에도 불교의 절들은 인도에서 정채를 발휘하고 있다.

중국은 산스크립트어[50]로 된 불경을 고승들이 받아들여 표의문자인 한자로 정확하고 간결하게 번역함으로써 불교의 세계화에 결정적으로 공헌한 바 있다. 불교 중에서도 대승불교의 본거지를 이루고 있는 중국은 수많은 고승들을 배출하

---

50) 산스크리트어는 인도유럽어족 인도이란어파 인도아리아어군에 속하는 대다수 인도 언어들의 조상이다. 한자어로 범어(梵語)라고도 한다. 산스크리트'란 단어 자체는 संस्कृतम्(saṃskṛtam)이라고 하는데, '정교한, 잘 정돈된'이라는 뜻이다. 인구어 중에서 문법이 가장 복잡한 편이다. 대표적으로 힌디어, 우르두어는 산스크리트어에서 파생된 언어들이다. [위키백과]

고 불교에 기반한 예술품들을 창작해 위대한 불교문화의 꽃밭을 이루었다.

**일본은 최고의 전통을 사당에 모시며 그들은 최고를
향하는 연구와 노동을 하는 것이다.**

일본이라는 나라는 불교의 영향을 많이 받아 토착 불교, 일본 불교라는 새로운 개념을 가지고 국력을 모으고 있다. 이것은 응용의 천재인 일본인의 강점과 장기를 유감없이 발휘하는 정신세계의 한 측면을 보여주는 사례이기도 하다.

이를테면 일본의 불교 법당에 가면 부처님 옆에 그 지역을 대표하는 인물을 신으로 모신다. 그 지역에서 활을 제일 잘 만드는 사람이 죽었다고 한다면 그는 훗날 활의 신이 되어 법당 앞에 함께 모셔진다.

또 팽이를 제일 잘 만드는 사람이 있다고 하자. 일본 전역에서 손꼽히는 팽이를 만드는 장인은 사망 후 팽이의 신으로 모셔진다. 이렇게 하여 지우개의 신, 분필의 신, 운동화의 신도 나온다. 이것이 일본의 신사(神社)라 할 수 있다.

신사는 바로 신도(神道)로 연결되며, 신도라고 부르는 전통 종교까지 그들의 사상이 이어져 있다. 일본의 이러한 신사 문화는 모든 사물의 정령이 있다는 믿음을 기본으로 하고 있다.

일본인은 이러한 최고의 전통을 사당에 모시며 그들은 최고를 향하는 연구와 노동을 하는 것이다. 그러한 결과 일본은 아시아에서 가장 많은 노벨상을 수상하기도 하였다[51].

신사라는 것은 '신도의 사당'이라는 뜻이다. 세계적으로 유명한 일본의 야스쿠니 신사[52]는 1869년 일본 국민들에 의해서 자발적으로 만들어진 신사이다. 1860년대 일본의 메이지 천황이라는 일본의 왕을 중심으로 수많은 장수와 장군의 위패를 모시고 일본 국민들은 이러한 분들을 자신의 나라를 지키는 호국영령이라 보고 끊임없이 기도를 하는 것이다.

---

51) 노벨상 역사 중에서 일본은 비 구미제국 중에서 가장 많은 28명의 수상자를 배출하고 있으며 이 가운데 3명은 수상 시점에서 외국 국적을 취득했다. 21세기 이후, 자연과학 부문에서 나라별로 따지자면 일본은 미국에 이어 세계 2위의 노벨상 수상자들을 배출함으로써, 경제학상을 제외한 모든 분야를 석권하였다.

52) 야스쿠니 신사(일본어: 靖國神社/靖国神社 또는 조슈 신사(일본어: 長州神社 초슈진자))는 일본 도쿄도 지요다구 황궁 북쪽에 있는 신사로, 전쟁에서 싸우다 전사한 사람들을 신(영령)으로 모시고 제사를 지내는 곳이다. 총면적 93,356m2로 일본에 있는 신사 중에서 가장 규모가 크다. 영미권의 언론에서는 '전쟁 신사(war shrine)'란 용어를 주로 사용하고 있다. 1869년(메이지 2년), 침략 앞잡이의 넋을 달래기 위해 설립한 도쿄쇼콘자(일본어: 東京招魂社 토코쇼콘자)가 그 전신이다. 지금의 이름인 '야스쿠니(靖國/靖国)'는 '나라를 안정케 한다'는 뜻으로, `좌씨춘추(左氏春秋)'의 `오이정국야(吾以靖國也)'에서 따왔다. 1879년 메이지 천황에 의해 현재 이름으로 개명됐다. 야스쿠니 신사는 벚꽃의 명소로도 잘 알려져 있다.

사실 야스쿠니라는 일본말은 '평화의 나라'라는 뜻이다. 어쩌면 이들은 혹시 살아생전에 평화를 영원히 추구하다가 목숨을 잃어버린 사람이 많은 것이 아닐까. 일본의 야스쿠니 신사에 들어서면 마음의 평정심이 일어난다는 일본 사람들이 많은 이유는 여기에 있다.

야스쿠니 신사에 맞서서 대한민국에는 이순신 장군을 모시는 사당이 있다. 이순신 장군은 조선 중기의 명장으로서 충무공으로 불리운다.

그는 조선 선조 때 임진왜란과 정유재란에서 일본군을 격파한 조선의 최고 명장으로 알려져 있다. 대한민국 국민은 한글을 창제한 것을 비롯하여 조선시대의 가장 현명한 왕이었던 세종대왕과 충무공 이순신 장군이 대한민국을 지키는 호국의 영령으로서 가장 존경하고 있다.

이순신 장군은 전쟁을 치르는 동안에도 내부적으로 또는 외부적으로 수많은 갈등과 모함을 받았지만 그는 이 모든 것을 다 이기고 설상가상, 절망적인 상황에서 희망적인 상황으로 변화를 유도한 이 시대의 최고의 명장이라고 봐야 한다. 이순신 장군은 일본 같으면 '군신(軍神)'으로서의 추앙 대상이다.

현재 서울의 한복판인 광화문에는 세종대왕과 이순신 장군의 동상이 있다. 대한민국 역사에서 찬란한 위인들이 대한민국을 지키고 있는 셈이다. 광화문 지하에 이순신 장군이 탁월한 능력을 펼쳤던 거북선이 전시되어 있다. 다시 한 번 이순신의 뛰어난 업적과 충성심에 우리 모두는 고개를 숙이게 된다.

5대양 6대주에 관해서는 많은 논문과 심포지움을 통하여 발표를 가지나, 동북아시아 5개국에 관해서는 많이 알려지지 않아 이들이 추구하는 평화에 관해서도 우리는 숙제를 가지고 있다.

이와 같이 동북아시아의 전통적인 3개국은 독특한 전통과 문화를 형성하며 평화를 위해 헌신해 왔다. 그러나 최근에 우리는 동북아시아를 논할 때 기왕의 3개국에서 대만과 몽골을 포함해 5개국으로 정의하고 있다.

가깝고도 먼 나라, 동북아시아 5개국은 우리가 연구해야 할 과제임에도 사실 세계학자들은 5대양 6대주에 관해서는 많은 논문과 심포지움을 통하여 발표를 가지지만 동북아시아 5개국에 관해서는 많이 알려지지 않아 이들이 추구하는 평화 지대에 관해서도 우리는 숙제를 가지고 있다.

평화의 강력한 기반이 되는 불교와 관련하여 동북아시아

5개국을 개괄하기로 한다. 중국은 최근 기독교 인구가 급성장하고 있다고 한다. 이는 기독교인들의 적극적인 선교 활동과 구호 활동에서 많은 영향을 받았다 할 것이다.

중국 불교는 천태종과 화엄종을 중심으로 부처님만 성불하는 게 아닌 일반인 그 누구라도 마음을 닦고 선행을 한다면 누구나 성불할 수 있다고 가르치고 있다. 그러나 지금도 사회 관념상 중국의 토착적인 불교는 여러 지역에 걸쳐서 중요한 사회 원동력으로 작용하고 있다. 불교는 소수민족의 단결과 잠재적 정부 호응에 맞추어서 자연스럽게 중국인의 중요 사상으로 정착하고 있다.

일본은 입헌군주제 국가 형태를 띠며 내각책임제 정부 형태를 지니고 있다. 일본은 불교 인구와 신사 인구가 거의 대다수를 차지한다고 봐야 할 것이다. 최근 일본 기독교 인구도 늘긴 했지만 전체 인구의 1% 가량으로 추정하고 있다. 일본 불교가 생활 불교와 신사 신도와의 절충을 통해 생활 속에 깊이 뿌리 박혀 있다는 것은 분명한 사실이다.

대한민국은 팔만대장경53)이라는 세계적 유물을 갖고 있

---

53) 합천 해인사 대장경판(陜川 海印寺 大藏經板) 또는 팔만대장경(八萬大藏經), 고려대장경(高麗大藏經 Tripitaka Koreana)은 경상남도 합천군 해인사에 있는, 고려가 몽골의 침입을 불력(佛力)으로 막아내고자 1236년(고종 23년) 강화군에서 조판에 착수하여 15년이 지난 1251년(고종 38년)까지 총 16년에 걸쳐 완성한 고려의 대장경이다. 현존하는 세계의 대장경 가운데 가장 오래된 것일 뿐만 아니라 체재와 내용도 가장 완벽한 것으로 평가되고 있는 팔만대장경은 2007년도에 세계기록유산으로 지정되었다. [위키백과]

다. 이 팔만대장경을 한 단어로 축소시킨다면 모든 학자들이 동일하게 평화라 이야기할 것이다. 팔만대장경은 한 글자로 심(心)자로 표현하고 있다. 그만큼 마음은 평화를 조화롭게 이끄는 발전소와 같다. 마음이 평화로우면 우리가 사는 이웃, 이 땅이 평화로울 수밖에 없는 것이다.

대만은 현재 중국 안에 있는 양 체제로 가자는 주장에 맞서 거부하고 있는 형국이다. 물론 중국은 하나의 중국을 외치고 있다. 대만의 종교는 토속 종교가 강하다 할 수 있다[54]. 불교 인구가 약 35%가 넘는다. 대만이 중국과의 차별성을 기반으로 국력을 키워 세계평화에 공헌할 수 있을지 세계인이 주목하고 있다.

몽골은 13세기 초 전래된 티베트 불교[55]를 국민의 90%

---

54) 대만의 민간신앙은 중국 본토의 민간신앙과 크게 다르지 않으면서도 대만만의 특성을 가지고 있다. 대만의 민간신앙은 대륙 남부 연안으로부터 이주한 한족을 따라 뿌리내리지만, 고산족등 원주민 문화와 교류하면서 함께 변화 발전 과정을 겪어왔다. 대만은 제사가 많고 복잡하며 4대 명절 중에 하나인 청명절은 조상의 묘를 참배하고 제사를 지내는 날이며, 새해에는 종교와 상관없이 모든 대만인들이 새해 첫날부터 섣달그믐까지 3일에 한번 샤오빠이小拜를 올리고, 5일에 한번 따빠이大拜를 올린다. 출처: https://gooday lee.tistory.com/948

55) 티베트 불교는 중국의 티베트와 네팔 그리고 몽골 등지를 포함한 히말라야 산맥과 인접한 지역에서 믿는 대승불교의 종파이다. 종교적 스승인 라마를 중시한다고 하여 라마교라고도 불린다. 가장 잘 알려진 종교 지도자는 겔룩파의 수장인 달라이 라마이다. 도입 과정에서 의례나 신앙 존격 등에 티벳 토착 종교의 영향을 받았다. 티베트의 불교의 도입 과정에서 산스크리트어의 경전을 올바르게 번역할 수 있도록 티베트 문자가 새로 만들어졌는데, 이 때문에 티베트어 경전은 멸실된 산스크리트어 경전 연구에 있어서 중요한 위치를 차지한다. [위키백과]

가 신봉하고 있다. 몽골은 물론 헌법상 종교와 신앙의 자유를 보징하고 있다.

징기스칸을 중심으로 세계를 제패했던 유목민의 나라 몽골은 지금은 비록 경제가 뒤쳐져 있지만 강인하고 성실한 국민의 에너지를 바탕으로 급성장하며 세계평화에 기여할 것으로 예상된다.

이와 같은 관점에서 우리는 동북아시아에서 중요한 평화의 전파가 결국은 종교적 색채에서 많이 기인했으며 앞으로도 그러할 것으로 예상한다.

불교라는 정신적인 선의 세계는 평화 사상을 기본으로 하고 있다는 사실을 우리는 중시한다. 예를 들어 과거의 큰스님들이 걸어갈 때 큰 지팡이를 짚고 걸어가는 것을 사람들은 의아하게 생각했다. 그러나 스님들은 땅바닥에 있는 개미나 미생물들이 스님 발에 밟혀 죽지 않고 평화롭게 살기를 원하는 뜻에서 지팡으로 땅을 쿵쿵거리며 그들을 피신하게 했던 것이다.

불교가 융성했던 한국 신라시대에 화랑도에도 오계[56]라

---

56) '화랑오계(花郎五戒)'라고도 한다. 원광법사(圓光法師)가 사량부(沙梁部)에 사는 귀산(貴山)과 추항(箒項)에게 가르친 것에서 비롯되었다 .600년(진평왕 22) 원광이 중국 수나라에서 돌아와 운문산(雲門山) 가실사(嘉瑟寺)에 있을 때 두 사람이 평생의 경구로 삼을 가르침을 청하자, 사군이충(事君以忠)·사친이효(事親以孝)·교우이신(交友以信)·임전무퇴(臨戰無退)·살생유택(殺生有擇) 등 다섯 가지 계율을 가르쳤다. [출처: 한국민족문화대백과사전]

는 것이 있는데 살아있는 생명을 절대 죽여서는 안 된다는 불살생을 기본으로 한다. 그 어떠한 생명도 힘이 강한 동물이 살해하거나 노예의 수단으로 삼아서는 안 된다는 뜻이다.

불교 사상은 인과응보57)라는 개념을 낳기도 하였다. 즉, 죄를 지은 자는 분명히 처벌받고 선한 사람은 반드시 복을 받는다는 사상이다. 인과응보 사상은 정의의 실천 규범으로서도 빛나지만 평화를 위한 강력한 촉매작용으로도 정평이 있다.

그러므로 우리는 동북아시대의 평화라는 것은 결국 그러한 종교적인 카테고리 안에서 불교의 정토 사상58), 그리고 평화 이상주의적 사상과 융합하여 달성할 수 있다는 확신을 가지고 있다.

물론 여기에 예외는 있다. 바로 종교를 인정하지 않는 북한이라는 집단인데, 북한은 종교라던가 평화 같은 개념보다

---

57) 인과응보(因果應報)란 행위의 선악에 대한 결과를 후에 받게 된다는 말로 흔히 죄값을 치른다는 개념을 나타낼 때 쓰이는 한자성어이자 불교에서 유입된 불교용어이다. [위키;백과]

58) 이 신앙은 선종(禪宗)과 같은 자력신앙(自力信仰)과 비교하여 타력신앙(他力信仰)이라고 부른다. 정토란 예토(穢土)의 반대 개념으로, 가장 대표적인 정토는 극락이다. 정토사상을 설하고 있는 불경은 약 650여 부의 대승경전 중 200여 부나 되는 것으로 보아, 정토사상이 대승불교에서 얼마나 큰 비중을 차지하고 있는지를 알 수 있다. 정토관계 경전 중에서도 『아미타경』 1권, 『무량수경(無量壽經)』 2권, 『관무량수경(觀無量壽經)』 1권은 정토삼부경(淨土三部經)이라 하여 정토사상의 근본 소의(所依)경전이 되고 있다. 이러한 정토경전을 바탕으로 용수(龍樹)의 저술인 『대지도론(大智度論)』의 왕생품(往生品)과 『십주비바사론(十住毘婆沙論)』의 석원품(釋願品)·이행품(易行品)에서 정토왕생과 정토십상(淨土十相)이 설명된다. [출처: 한국민족문화대백과사전]

는 독재주의적이고 비인간적인 면이 너무나 강해 사실 동북아시대의 평화를 흔들 수 있는 존재가 북한이라는 사실을 우리는 잠시도 잊어서는 안 될 것이다.

그러나 모든 강물은 바다에 휩쓸려가듯이 북한이라는 하나의 집단도 동북아 전체의 평화라는 바다 앞에서는 먼 훗날 평화로운 국가가 되지 않을까 예상하고 있다. 이를 위해서는 북한도 평화를 내세우되 언행을 일치시켜야 마땅하다.

꽌시를 맺기 위한 평화의 1단계

흔히들 꽌시에 성공하려면 정말 힘들다고들 말한다.
사업 성공의 첫 번째 요소가 꽌시이기 때문이다.

중국 대륙에서는 사람과 사람과의 관계를 '꽌시'59)라고
한다. 사람들이 많이 모여 사는 다양한 사회에서는 꽌시가
무엇보다 중요하다. 여기서 꽌시라는 개념을 정리할 필요가
있다.

'꽌시'는 같은 고향 출신, 같은 학교 출신, 같은 군대 출
신, 또는 같은 회사 출신이라는 공통 분모를 갖는데 이 공통
분모를 가지고 흐트러지지 않게 친밀한 관계를 맺으면서 때
로는 중요한 계약을 이끌어 내는 요소가 꽌시이다.

그렇다고 꽌시만 맹신할 것은 아니다. 오랫동안 확신과
신뢰의 과정을 겪으면서 상대와 나 사이에 평화 협정을 맺어
야만 진정한 꽌시라고 할 수 있다. 흔히들 꽌시에 성공하려

---

59) 사전적 의미를 보면 꽌시는 '꽌(關)'자의 '닫다'와 '시(係)'자의 '이어 맺다'의
   두 의미가 합쳐진 단어다. 즉, 일정한 테두리 안에서 서로가 연결돼 일종의
   '윈윈관계'로 발전한 인적 네트워크를 뜻한다. [출처: 중앙일보]

면 정말 힘들다고들 말한다. 사업 성공의 첫 번째 요소가 꽌시이기 때문이다.

그러나 꽌시를 가정한 실패적인 사례도 우리는 염두에 두어야 한다. 어떠한 사람이 중국에 가서 비즈니스를 할 때 상대방이 상다리가 부러지도록 융숭한 대접을 해주었다며 좋아하면서 드디어 꽌시를 맺었다고 마음이 풍선처럼 들뜨기 마련이다.

이제 사업을 성공했다고 호언장담을 하는 순간 나중에 귀국해 보니 그 비즈니스가 실패로 돌아왔다는 사실을 우리는 받아들여야 한다. 물론 이 과정은 진정한 꽌시로 가기 위한 과정이다.

꽌시라는 한마디로 인간관계, 인맥관리, 관계가 중요한 요소인 것은 사실이나 위에서 말한 체면이라는 것은 중국인에게 가장 중요하다.

중국인들이 처음 만나서 거창한 환대를 베푸는 것은 진정한 꽌시를 맺기 위한 일상적인 접대에 불과하다고 생각할 수도 있지만 이러한 시간을 주고받으면서 성공과 실패를 맺다

가 나중에는 진실한 관계로 바꿔지는 경우도 있다.

그래서 나중에는 꽌시를 통해서 상호 이익을 도모하고 또한 꽌시를 통해서 성공의 탑을 쌓으려고 한다. 중국에서 가장 중요한 3가지는 體面(체면), 運命(운명), 報恩(보은)이라고 한다. 임어당(林語堂)60)에서 인용한 구절이다. 하지만 중국에서는 역시 체면이 가장 으뜸이다.

중국에서 꽌시로 성공을 하려면 체면이라는 마음가짐과 운명이라는 시간적인 인연관계, 그리고 자신에게 주는 은혜를 꼭 보답한다는 보은의 정신, 역시 꽌시에 있어서 제일 중요한 3가지 요소이다.

꽌시라는 한마디로 인간관계, 인맥관리, 관계가 중요한 요소인 것은 사실이나 위에서 말한 체면이라는 것은 중국인에게 가장 중요하다.

로마에 가면 로마법을 따르듯이 중국에 가면 꽌시라는 관습을 잘 이해해야 한다. 중국에서는 대체로 인간관계가 나를 중심으로 가족형성, 그리고 아는 지인들을 중심으로 엮어진

---

60) 린위탕(林語堂: 임어당, 1895년 10월 10일 ~ 1976년 3월 26일)은 중국의 소설가이자 문명비평가이다. 푸젠성(福建省) 룽치(龍溪)에서 목사의 아들로 태어나 상하이의 세인트 존스 대학(聖約翰大學) 졸업 후, 베이징 칭화 학교(北京淸華學校)의 영어 교사가 되었고 1921년에는 독일로 건너가 예나 대학, 라이프치히 대학에서 공부하고 1923년 언어학 박사 학위를 받았다. 그 후로 베이징 대학, 베이징 여자 사범대학 교수를 지냈다. 1966년 타이완으로 이주 후 1967년 홍콩 중문대학 교수를 역임하였다. 저서 《생활의 발견(生活的藝術)》에서 생활 속의 철학을 풀이하기도 하였다. [위키백과]

다.

구체적으로 꽌시에는 네 가지 단계가 있다고 한다.

1) 신평여우(新明友): 사실상 그냥 남이고, 적이 될 수도 있는 사이를 말한다. 단순히 새로 알게 된 사람 그 이상도 그 이하도 아니다. 즉, 지나가다 이름만 알고 얼굴만 안 사람들도 친구라 부르는 것이다. (꽌시의 첫 단계이다)

2) 하우평여우(好明友): 우호적인 관계에 이른 친구를 말한다.

3) 러우평오우(老朋友): 친구 관계의 정점으로 자신의 주변 사람들까지 소개시키고 꽌시를 맺게 하는 단계라고 한다. 이 관계에 이르면, 웬만하면 물건을 허락 받지 않고 써도 서로 간에 신경을 쓰지 않는 등 일반적으로 도달할 수 있는 꽌시의 마지막 단계라고 한다. 정치인이나 기업가들이 서로 꽌시를 맺었다고 하면 이정도 수준의 관계라고 볼 수 있다.

4) 시옹디(兄弟): 꽌시의 최종단계이다. 즉, 이 단계에 이르면 형제 관계와 같은 수준이며 꽌시로서 친구를 넘어서 가족, 한 몸처럼 여기는 단계이다.

당연히 서로 한 몸이나 다름없으니 사기나 배신을 절대 용납할 수 없으며, 이 단계에서 더 나아가면 즉 아예 서로 가족을 책임지거나 가족끼리 가족을 맺는다.

꽌시에 따른 4단계를 살펴보았다. 꽌시에 있어서 배신이나 배반을 절대 용납할 수 없으며 그 책임감 또한 무겁다. 이러한 4단계 꽌시를 연결하는 연줄은 평화라는 예법이다. 그 평화라는 예법이 무너지면 아무리 4단계 꽌시를 해도 소용없는 것이다.

중국 삼국지에 유방이나 유비가 영웅이 된 것도 꽌시라는 의형제 제도를 잘 활용하였다. 중국인이든 한국인이든 간에 평화로운 마음이 서로가 잘 맞는다는 도원결의를 맺을 만큼 중요한 요소라고 할 것이다.

꽌시는 인간관계의 선택이 아니라 필수불가결한 요소임이 확실하다. 내가 중국 사람을 만날 때마다 이러한 꽌시를 활용하여 성과를 올리고 귀인을 만나는 것도 꽌시의 철학을 이해하기 때문이다.

자유 민주주의와 세계평화를 이룩한 트루만 대통령

[트루만 대통령]

민주주의는 자유주의를 기본으로 한다. 자유주의와 민주주의가 혼합된 정치원리이다. 개인의 자유를 국가는 최대한 보장하여야 한다.

국가기관은 개인을 억제하거나 통제하는 정책을 최소화 시켜야 한다. 왜냐하면 인간은 태어나면서부터 자유로운 상태로 세상에 나왔기 때문이다.

일부 공산주의나 독재주의에서는 맛볼 수 없는 자유민주주의는 헌법의 전문에 첫 번째로 표시될 만큼 매우 중요한 요소이다. 자유민주주의 향유를 누리지 못하는 공산주의와 독재주의는 자아와 대중 사이에서 늘 감시당하고 세뇌 당한 위험한 상태라고 볼 수 있다.

우리나라 헌법은 자유민주주의 헌법을 명시하고 있다. 이렇게 위대한 자유민주주의와 평화를 위태롭게 하는 것이 전쟁이라는 명분을 내세워 혼란에 빠뜨리기도 한다.

우리에게도 유명한 맥아더 장군은 미국 트루만 대통령이 재임한 시기에 한국전쟁 연합군 총사령관으로 있던 사람이다. 트루만 대통령은 두 번에 걸쳐 한국을 도왔다.

첫째는 한국전쟁에 참전한 것이다. 미국 시각으로 1950년 6월 24일 토요일 밤 9시에 잠자리에 들던 트루만에게 북한군이 남침했다는 보고가 들어왔다. 대부분의 정치인들은 이런 보고를 받을 때 정치적인 계산을 할 것이다.

이 전쟁이 본인의 나라에 어떤 영향을 줄지에 대해 자동적으로 생각한다. 그런데 트루먼은 전쟁 발발소식을 듣고 단 10초 만에 연합군 참전을 결정한다. 어떻게 보면 정치인답지 않은 모습이다. 계산할 줄 모르는 농부처럼 트루만의 생각은 한가지였다.

나쁜 놈들이 처들어 왔으니 물리쳐야 한다는 단순 논리였다. 이 결단에 대해서 미국 역사상 최고의 국무장관으로 꼽히는 애치슨[61]이 이렇게 평가했다.

---

61) 딘 구더햄 애치슨(Dean Gooderham Acheson, 1893년 4월 11일 - 1971년 10월 12일)은 미국의 정치가이다. 코네티컷주에서 태어나 1933년 재무 차관, 1941년 국무 차관보, 1945년 국무 차관을 거치면서 제2차 세계 대전 전후의 중요한 외교를 수행하였다. 1949년, 국무 장관이 되어 대소 강경 정책을 취하였다. 1950년 1월 12일, 내셔널 프레스 클럽에서 행한 연설(애치슨 선언)에서, 태평양에서의 위선을 알류샨 열도 - 일본 - 오키나와 - 필리핀으로 연결하는 소위 '애치슨 라인'을 발표하였다. 이 결과 대한민국과 중화민국이 미국의 방위에서 제외되어 이승만 정부에 대한 미국의 원조는 제한되는 것으로 비쳤다. 비평가들은 훗날, 애치슨의 이 모호한 연설이 스탈린과 김일성으로 하여금 그들이 대한민국을 침략하더라도 미국이 이에 개입하지 않을 것이라는 믿음을 갖게 만들었다고 비난하였다. [위키백과]

국가기관은 개인을 억제하거나 통세하는 정책을
최소화 시켜야 한다

"대통령이란 직책은 결정하는 것이다. 트루먼 대통령은 결정했다."

바로 그 용기 있는 결정이 한국을 살린 줄로 믿는다. 그 순간을 위하여 하나님께서는 시골 출신의 트루먼을 대통령으로 세우신 것이다.

두 번째로 트루먼은 한국을 포기하라는 요구를 거절했다. 영국하면 어떤 이미지가 떠오르는가? 대부분 신사의 나라 대영제국을 이룩했던 위대한 나라를 생각한다. 그런데 세계사를 살펴보면 이 영국이라는 나라가 그다지 신사적이지 않다는 것을 알 수 있다.

특히 현대사에서 영국은 한국을 덤이나 패키지로 여겼다. 한국이라는 나라는 자원도 가능성도 없다고 여겨서인지 1900년대에는 우리나라를 일본에 넘겨준다. 그리고 1950년대에는 김일성과 소련에게 넘겨주려고 했다.

6.25 한국전쟁에서 중공군의 참전으로 전세가 불리해졌을 때 영국 에틀리 수상은 트루만 대통령에게 한국에 배치된 병

력을 유럽으로 철수시키라고 제안한다. 영국의 제안에 미국의 주요한 인물들이 찬성한다.

대표적인 사람이 영국 대사를 지낸 죠셉 케네디이다. 그는 공개적으로 한국 포기론을 주장했다. 죠셉 케네디는 미국 최고의 명문가로 인정받고 있는 케네디 가문을 일으킨 사람이고 그의 아들이 바로 존 F.케네디이다.

명문가 출신에 정치 감각이 뛰어난 자들은 한국을 포기해야 한다고 주장했다. 하지만 시골 출신으로 의리를 중요시하는 트루먼이 단호하게 반대한다.

"우리는 한국에 머물 것이고 싸울 것입니다. 다른 나라들이 도와주면 좋습니다. 그러나 도와주지 않아도 우리는 어떻게든 싸울 것입니다. 우리가 한국을 버린다면 한국인들은 모두 살해 될 것입니다."

그들은 우리 편에서 용감하게 싸웠다. 우리는 상황이 불리하게 돌아간다고 해서 친구를 버리지는 않는다. 그는 연합군의 철수를 거절하고 의리 있게 행동했다. 트루먼은 한국을 포기하지도 않고 오히려 1차, 2차 대전 때에도 하지 않았던 국가 비상사태를 선포한다.

그는 물가와 임금을 통제하고 그걸 가지고 한국에 쏟아

부었다. 국방 예산을 불리고 중국군에 맞서 싸웠다. 결국 엄청난 돈이 투입되고 5만 명이 넘는 미군이 목숨을 잃고 10만 이상이 다친 후에 전쟁이 멈췄다.

세계사적으로 트루먼 대통령만큼 위대한 대통령이 있을까 질문해본다. 남북한 전쟁이 났을 때 그 전쟁 소식을 듣고 단 10초 만에 연합군 파병 결정을 내릴 정도로 그 정책관과 세계관은 그 어느 대통령도 따를 수가 없다.

우리나라 근현대사를 살펴보더라도 대한민국이 이렇게 높이 성장할 수 있었던 것은 트루먼 대통령과 맥아더 장군의 올바른 결정과 그들의 활동이며 우리는 결코 은혜를 잊어버려서는 안 될 것이다.

역사적 시간이 지날수록 트루먼에 대한 평가는 더더욱 올라가고 있다. 대한민국의 공산화를 막고 눈부신 성장가도를 달리게 됨은 트루먼의 영향이 컸다.

우리나라는 자칫 잘못하면 공산화 될 위기에 놓였던 것이 아닌가. 그 때 연합군이 파견되지 않았다면 우리나라 운명은 어떻게 달라졌을까?

역사적 시간이 지날수록 트루먼에 대한 평가는 더더욱 올라가고 있다. 대한민국의 공산화를 막고 눈부신 성장가도를 달리게 됨은 트루먼의 영향이 컸다.

미국 역대 대통령 중에서 시간이 가면 갈수록 높이 평가되는 인물이 트루먼 대통령이다. 이러한 강직한 생각과 결정은 어디서 나왔을까?

트루먼 대통령은 기독교인으로서 약하고 힘든 자를 강하고 힘센 자가 꼭 도와야 한다는 강력한 믿음과 굳건한 신념이 있기에 한국을 구하는 원동력을 가질 수 있었다.

트루먼 대통령은 미국 대통령 역사상 유일하게 대학을 나오지 않았으며 미국의 가난한 지역인 미주리에서 농가의 아들로 태어났다.

기차역에서 검표원 생활을 하던 평범한 사람이었다. 이러한 기차 검표원이 미국 대통령이 되었다는 자체가 하늘이 내린 기적이고 대단히 신기한 현상이라고 볼 수 있다.

제 1차 세계대전이 일어났을 때 애국심이 일어나 자원해서 입대하였으며 포병 장교로서 열심히 싸웠다. 파란만장한 트루먼의 일생이 이 지상에 평화를 가져 왔으며 그는 묘지에 묻혀 있지만 그 사상과 용감한 결정, 그리고 약자를 도와야 한다는 평화 정신은 현재에도, 미래에도 계속될 것이다.

대한민국을 구한 참전 16개국

아아! 잊으랴,

어찌 그날을!

보훈의 달 6월이 오면 어김없이 한국전쟁을 생각한다. 그리고 무엇보다도 우리나라를 위해서 우리를 살리고자 참전했던 참전 16개국의 은혜를 잊어서는 아니 된다.

6.25 전쟁 중에 폐허로 변한 우리나라의 모습을 보고 참전 16개국은 목숨을 걸고 싸웠다. 자유와 정의의 이름으로 참전 16개국 병사들은 위대한 젊음을 한국을 구하겠다는 일념으로 인내하며 전쟁을 승리로 이끌었다[62].

미국, 영국, 캐나다, 터키, 호주, 필리핀, 타이, 그리스, 콜롬비아, 뉴질랜드, 프랑스, 에티오피아, 폴란드, 벨기에, 룩셈부르크, 남아프리카 연방공화국 이 참전 16개국 희생 병사들 앞에 붉은 무궁화 한 송이 한 송이 씩 모두 바치고 싶다.

그 찬란한 젊음을 용기 있고 명분 있는 죽음으로 산화한

---

[62] 6.25전쟁 당시 우리와 함께 싸워 준 유엔 참전국은 총 21개 국가가 있다. 전투에 직접적으로 도움을 준 전투부대 파견국은 미국과 영국, 캐나다, 터키, 호주를 비롯한 총 16개국이 있고. 중립노선을 펼쳤던 스웨덴과 인도를 비롯한 덴마크, 노르웨이, 이탈리아(5개 국가)는 의료지원국으로써 활동을 했다.

영혼이 붉은 무궁화 꽃으로 다시 환생했다.

진정으로 목숨을 바칠 만큼 이 땅에 정의가 존재한다

전우가 남긴 한마디 -허성희

정말 그립구나 그리워 총알이 빗발치던 전쟁터
정말 용감했던 전우야 조국을 위해 목숨을 바친 정의의 사나
이가 마지막 남긴 그 한마디가 가슴을 찌릅니다.
'이 몸은 죽어서도 조국을 정말 지키겠노라'고
전우가 못다 했던 그 소망 내가 이루고야 말겠소.
전우가 뿌려놓은 밑거름 지금 싹이 트고 있다네.
우리도 같이 전우를 따라 그 뜻을 이룩하리 마지막 남긴 그
한마디가 아직도 쟁쟁한데 이 몸은 흙이 돼도 조국을 정말
사랑하겠노라고.

나는 전우가 남긴 한 마디, 그 시적인 가사를 생각하면서 진정으로 목숨을 바칠 만큼 이 땅에 정의가 존재한다는 것을 느꼈다.

나는 2020년 6월에 이런 주장을 하였다. 우리나라를 구한 참전 16개국에 코로나 사태로 큰 힘을 발휘했던 진단키트와 마스크를 무상으로 제공하자는 생각을 많이 했다.

우리나라도 어려울 때 혜택을 받았으니 이 고마운 나라들에게 코로나19 지원을 아낌없이 해야 하지 않겠는가. 그것이 우리나라를 구한 참전 16개국에 대한 보은의 자세이다.

이제는 어떠한 상황이 오더라도 어린 소녀가 부모를 잃어버리고 길가에 앉아 울고 있는 이런 처참한 역사는 되풀이되지 않아야 한다.

그러기 위해서는 자력의 힘이 필요하다. 강력한 힘이 있어야 우리는 우리를 지킬 수 있다. 그 힘이라는 에너지는 어디서 올까? 용기 있는 판단과 정의로운 행동에서 찾아볼 수 있다.

우리는 전쟁 중에 희생당한 위대한 전사들을 위해 추모와 묵념 외에 우리도 그들이 위기에 처했을 때 도와야 한다고 생각한다. 수많은 희생자들이 작별인사를 하고 떠나온 그리운 고향에 그들의 숭고한 영혼을 배웅하고 싶다.

이제 가족과 함께 만나 서로가 서로를 위로하는 그런 시간이 되기를 바라고 있다. 평화로운 한반도를 만들기 위해 지금도 각계각층에서 여러가지 프로그램을 만들고 있다.

그 프로그램 중에 우리는 새로운 것을 발견하였다. 김대중 대통령이 한국 역사 최초로 세계 최고의 상인 노벨 평화상을 받음으로써 한반도에는 평화의 봄이 한동안 지속됐었다.

참전 16개국이 우리 한국을 구했듯이 이제 평화로운 16개국 원로들이 추천 서명을 했을 때 한국은 머지않아 제 2의 노벨 수상자를 배출할 수 있을 것이다.

현재 한국 사회가 아쉬운 것은 살아있는 노벨상 수상자가 없다는 것이다. 전세계에 사건사고가 날 때마다 노벨상 수상자들의 한마디 한마디는 매우 중요한 모멘트가 될 수 있다.

이제 한국은 두 번째 노벨 평화상을 받음으로써 한반도에 영구적인 평화가 올 수도 있다는 희망을 가졌다. 목숨을 길고 국경선을 넘어왔던 수많은 북한 탈주민들도 이제 남북한 갈등과 오해와 편견을 버리고 독일의 통일처럼 평화로운 세기가 올 것이라고 기대를 많이 하고 있다.

　　참전 16개국이 우리 한국을 구했듯이 이제 평화로운 16개국 원로들이 추천서명을 했을 때 한국은 머지않아 제 2의 노벨 수상자를 배출할 수 있을 것이다. 오늘날에 와서 참전 16개국 정신을 다시 한 번 깨달아야 하겠다.

[625전쟁 피난민]

평화 유지 활동

세계 평화를 유지하기 위해서 유엔의 안전보장이사회나
PKO평화유지군은 필수적인 것이다.

세상의 자연은 매우 아름답게 변하기도 하지만 또 한편으로는 자연재해라는 무서운 힘을 가지고 있는 것이 자연이다.

이를 테면 굉장한 태풍이나 땅을 요동치게 하는 지진은 결코 자연으로서 두려움의 존재일 수 밖에 없다. 이 자연의 일부인 인간도 알고 보면 전쟁과 평화라는 두 가지 얼굴을 하고 있다.

전쟁 집단으로부터 전쟁의 경고를 받았을 때 어느 나라든 그 전쟁을 억제하고 평화를 유지하려고 군사행동을 준비할 수 밖에 없는 것이다. 그것이 평화 유지 활동 Peace Keeping Operation이다.

우리나라도 1991년 9월에 남북한 유엔 가입과 동시에 국제사회에서 평화 유지 활동을 위한 단초가 마련되었다.

국군의 평화유지활동은 1993년 소말리아에 건설공병부대 파견을 필두로 1994년 서부사하라에 국립의료지원단을 인도 파키스탄과 그루지아에 군 감사단 요원을 각각 파견한 것을 비롯하여 1995년 앙골리에 총명대대를 파견하여 세계 평화 유지를 위한 국제사회의 노력에 적극 동참했다.

그러나 1998년 이전까지 국군의 평화유지 활동은 보병부 대의 파견 없이 공병부대 의료지원 등 지원부대 위주로 이루 어져 왔다. 그러다가 1998년 국민의 정부 출범 이래 유엔의 요청에 의해 1999년 10월 최초로 특전사를 주축으로 한 보 병부대를 동티모르에 파견함으로써 양, 질적으로 한국군의 유엔 평화유지활동63)은 새로운 전기를 맞게 되었다.

세계 평화를 유지하기 위해서 유엔의 안전보장이사회나 PKO평화유지군은 필수적인 것이다. 적이 침범했을 때 평화 를 유지하기 위해 어쩔 수 없이 적군을 살생하는 경우를 우

---

63) 유엔 평화유지군 또는 국제 연합 평화유지군(國際聯合平和維持軍, United Nati ons Peacekeeping Force)은 유엔의 유사 상태 시 평화와 회복을 유지하기 위 해 각국의 정부가 자발적으로 파병한 병사이다. 평화유지활동이란 평화의 지 속을 위해 필요한 조건을 조성하는 활동을 말한다. 유엔(UN)의 다양한 국가와 주 정부, 조직내 국제적 수준에서 평화유지군은 분쟁지역을 감시하고 관찰하 며 평화 협정 이행을 위해 전 전투원을 지원하는 역할을 한다. 유엔의 평화 유지군은 군인과 민간인 모두를 포함하는 포괄적인 개념이다. 평화유지군은 파란색 베레모 또는 전투모를 착용하여, 블루베레 혹은 블루 헬멧이라고도 불 린다. 유엔 평화유지군은 1988년 노벨 평화상을 수여받았다. [위키백과]

리는 당연하다는 논리를 부여할 수밖에 없다. 군인의 세 가지 유형이 있는데 하나는 아군이 있으며 이는 아군과 아군 사이의 상호 신뢰와 전쟁의 승리를 목표로 한다. 또 한 가지 유형은 적군이 있다.

위에서도 말했듯이 적군은 평화를 깨뜨리는 침략자로 고귀한 인간으로 보지 않는다. 침략자를 인간으로 보지 않기에 아군은 죄책감 없이 살생을 하고 그들을 제압할 것이다.

세 번째 유형은 중립이 있다. 이를테면 스위스나 스웨덴처럼 아군도 아니고 적군도 아닌 중립국을 의미한다. 중립국은 그 어떤 상황이 와도 아군의 전쟁이나 적군의 지원……

이러한 일련의 군사 활동을 일체하지 않는다. 그러기에 오랫동안 평화를 유지할 수 있는 것이다. 그러나 아이러니하게도 이러한 중립국을 침범하는 적군이 있다고 하자. 과연 어느 중립국이 침묵을 지킬 것인가? 그들은 아마도 평화의 총을 들고, 십자군의 칼을 들고 자신들의 평화를 위해 싸움을 할 수 밖에 없을 것이다.

평화는 경험으로 축적된 에너지를 가지고 명분을 살리고, 현실적으로 국익에 도움이 되는 활동을 기반으로 한다.

중립국이 흔들리면 새로운 전기를 마련해 줄 그러한 세계적인 기구가 나는 UN이라고 본다. 유엔의 임무는 평화를 해치는 그 어떤 세력도 과감하게 무찌를 수 있는 평화유지군이 필요할 것이다. 흔히들 미국을 세계 경찰국이라고 말을 한다. 전 세계 전쟁의 그림자가 드리우는 나라에 첨단무기와 군사를 파견하여 그들의 평화유지를 해주는 대신에 답한 그들은 천문학적인 강의비를 받는다.

이것이 자본주의형 평화유지 활동이라고 볼 수 있다. 마치 우리 마을에 치안 경찰관이 근무하고, 그들이 범죄를 막는다고 했을 때 우리 국민은 그들에게 매달 방위에 성공했다는 사례를 해야 한다.

평화는 여러 가지 경험으로 축적된 에너지를 가지고 그때그때 명분을 살리고 현실적으로 국익에 도움이 되는 활동을 기반으로 한다. 평화는 그냥 앉아서 오는 것이 아니다.

울타리를 치고 감시하고, 자체적인 힘을 키울 때 평화는 유지되는 것이다. 황무지 소말리아에 우리 국군이 파병활동을 하고 그 지역을 위해 여러 가지 봉사활동을 하는 것을 여러 경로를 통해 보아왔다.

과거에 힘이 없었던 우리나라가 이제는 낙후되고 불안한 그 지역을 위해 기꺼이 평화유지활동을 하고 있는 것이다. 모두가 살아서 돌아오기를 기원한다.

평화 감시자 드론

평화수호자로서 드론을 활용할 수 있는 방법이 있을 것이다

드론(Drone)은 미래 세대에 특별한 평화 감시자로서 큰 역할을 할 것으로 보고 있다. 드론은 조종사가 탑승하지 않고 무선 전파 유도에 의해 비행과 조종이 가능한 비행기나 헬리콥터 모양의 무인기를 뜻한다.

"드론"은 낮게 웅웅거리는 소리를 뜻하는 단어로 벌이 날아다니며 웅웅대는 소리에 착안하여 붙여진 이름이다. 애초에 군사용으로 탄생했으나 이제는 고공영상 사진촬영과 배달, 기상정보 수집, 농약 살포 등의 다양한 분야에서 활용되고 있다.

드론은 1916년 무기를 실은 비행체가 원격으로 날아가 적을 타격한다는 "Aerial target project[64]"를 진행하면서 군사용 무인기로 개발이 시작됐다. 1930년 무인항공기에

---

64) 무기-탐지 레이저-레이더 시스템은 공중 표적이 검출된 지점에서부터 공중 표적을 트레일링하는 항적 난기류가 관찰되지 않을 때까지 상기 항적 난기류를 역방향으로 따라가는(follow) 유동장 측정들을 사용하여 공중 표적의 역방향 궤적을 추정한다. [위키백과]

"드론"이라는 이름으로 명명됐다. 1982년 이스라엘의 레바논 친공 시 치음으로 실선에 투입됐다.

세계 각국은 무인정찰과 폭격기, 교육용, 상업용 등의 용도로 드론을 개발하고 있다. 드론은 크기에 따라 무게 25g의 초소형 드론에서부터 무게 1만 2000kg에 40시간 이상의 체공 성능을 지닌 드론까지 다양하다.

드론은 하드웨어와 소프트웨어로 구성된다. 하드웨어 요소로는 비행체가 있고 컴퓨터, 항법장비, 송수신기, 가시광선과 적외선 센서 등의 장비로 구성되어 있다.

소프트웨어 요소로는 지상 통제 장치(임무 계획, 수립과 비행체와 임무 탑자체의 조종명령, 통제, 영상과 데이터의 수신 등 무인항공기 운용을 위한 주 통제장치), 임무탑재체(카메라, 합성구경레이더, 통신중계기, 무장 등의 임무 수행을 위한 장비), 데이터링크(비행체 상태의 정보, 비행체의 조종통제, 임무 탑재체가 획득, 수행한 정보 등의 전달에 요구되는 비행체의 지심간의 무선 통신 요소)가 있다.

그리고 이착륙장치(비행체가 지상으로부터 발사, 이륙과 착륙, 회수하는 데 필요한 장치), 지상지원(지상 지원 설비와 인력 등을 총칭, 무인항공기의 효율적인 운용에 필요한 분석, 교육 장비 시스템을 포함) 등으로 구성된다.

세계 무인기 시장은 2019년 기준 북미 55.3%, 유럽 2

9%, 인데 중동 3.6% 기타 등으로 미국과 유럽이 84.3%를 차지하면서 과점 체제를 형성하고 있다.

최대 드론 보유국인 미국은 2020년 기준 170만 대의 드론을 보유하고 있고 2만 3천 명의 드론조종사가 있다. 미국 외에도 이스라엘, 프랑스, 영국, 러시아 등이 드론 개발, 운영 중이다. 그러나 각 나라마다 국가의 규제로 상업화가 지연되고 있다는 지적도 나오고 있다.

한국에서도 개인의 사생활 보호와 안보문제로 드론 상업화에 대한 명확한 기준이 모호하고 서울 도심은 대부분 비행 금지나 비행 제한구역으로 설정되어 있어 드론 활용에 제약이 있다.

드론은 미래의 세상을 지배할 새로운 혁신적인 도구이지만 이에 무기를 장착하여 이용하거나 아니면 평화로운 생각과 활동으로 평화수호자로서 드론을 활용할 수 있는 방법이 있을 것이다.

**드론에겐 드넓은 하늘이 모두 길이기 때문에 어디든
원하는 곳으로 빠르게 갈 수 있다.**

드론이 평화의 수호자가 되기까지는 많은 혁신이 필요할

것이다. 결국 우리가 사는 영토를 인공위성이 촬영하고 전쟁의 이상 징후를 알려준다면 드론은 바로 우리 머리 위에서 시시각각 정보를 제공하게 된다.

달리는 자동차 위에 나는 드론 있다? 드론은 하늘을 나는 비행체이기 때문에 도로의 교통체증에 영향을 받지 않아 하늘을 이용하여 목적지까지 최단 시간에 갈 수 있는 것이다.

혼잡한 도로 위를 자유롭게 날아 목적지까지 가는 드론의 속도는 자동차와는 비교가 되지 않는다. 게다가 자동차, 배, 기차 등이 정해진 길만을 이용해야 하는데 비해 드론에겐 드넓은 하늘이 모두 길이기 때문에 어디든 원하는 곳으로 빠르게 갈 수 있다.

GPS로 빠른 위치 파악

"거의 다 온 것 같은데요. 정확한 위치를 모르겠어요." 길과 건물이 복잡하게 얽혀있는 곳에 친구나 택배 아저씨로부터 이런 전화를 한 번 쯤은 받아 봤을 것이다. 그런데 드론만 있으면 이런 문제는 단박에 해결할 수 있다. 바로 GPS 덕분이다.

최근에는 센티미터 단위로 정확하게 위치를 확인할 수 있기 때문에 드론이 찾지 못하는 곳은 없다고 해도 과언이 아니다. 드론의 GPS에 목적지를 입력하면 목적지까지 가장 빠른 길을 찾아 정확하게 이동할 수 있으니 세상에 이보다 더 정확하고 빠른 배달은 없을 것이다.

산이나 섬에 사는 친구들은 다른 지역보다 택배가 배달되는데 시간이 더 걸릴 뿐만 아니라 음식도 배달시켜먹기 힘든 경우가 있다. 하지만 때와 장소를 가리지 않고 움직이는 드론만 있다면 이 정도는 간단히 해결할 수 있다.

드론에는 무인조종능력이 있기 때문이다. 사람이 타지 않아도 드론 스스로 목적지를 찾아 비행할 수 있고 멀리 떨어져 있다 해도 간단한 조종기 조작으로 드론을 날릴 수 있다. 사람이 직접 타지 않기 때문에 위험한 장소나 먼 거리도 문제없다.

**물론 드론의 구입비와 각종 절비 등 초기투자비용은 있겠으나
장기적으로 보면 드론이 경제적으로 유리한 것이 확실하다**

드론의 신속성을 이용한 버스가 하나, 둘 개발되고 있다. 드론을 이용하면 택배는 물론이고 편지나 음식 배달부터 식

당에서 음식을 나르는 일까지 할 수 있다. 그야말로 불가능한 일이 없을 정도이다.

곧 현실이 될 드론의 배달현장! 지금 미리 만나볼 수 있다. 미국의 한 연구 기관은 드론으로 배달한 경우 약 2kg에 해당하는 소형 택배를 1,200원 정도의 비용으로 배송할 수 있다고 밝혔다.

우체국 택배 차로 배송할 경우 3,000원 이상이 들 테니, 택배비를 절반 이상 줄일 수 있다. 택배 업체에서는 배송하는 사람에 대한 임금도 들지 않으니, 드론을 통해 이익을 보는 비용이 더 늘어날 것이다.

물론 드론의 구입비와 각종 설치비 등 처음에 드는 비용은 있겠지만, 장기적으로 보면 드론이 경제적으로 유리한 게 확실하다.

PART 5.

환경과 평화

『우리는 일생 동안, 그리고 우리가 죽고 난 후의 후손들의 시대에도 평화가 물결치기를 소망한다. 평화는 돈이 많은 곳에만 있지 않다. 대 자연이 우리의 고향이다. 물질 환경에서 천연 환경으로의 전환, 이것이 평화의 입지조건이다.』

환경과 평화

한국의 희망은 저명한 의료인재들을 육성하여
전세계인들이 한국으로 의료여행을 올 수 있도록 하는 것도
국가 미래에 중요한 요소이다.

우리나라와 같이 환경자원이 부족한 나라에서는 환경을 이용한 리사이클링65)이 매우 중요하다고 할 것이다. 리사이클링을 이용해서 환경을 생활 속에 다시 살아 움직이게 하는 것이 환경공학이다.

AI 4차 산업의 성패도 이 환경공학을 어떻게 연구하고 응용하느냐에 달려 있다고 보아야 할 것이다. 해외의 유수한 인재들이 AI 기술 분야로 많이 모여 든다고 한다. 과거 기계 중심의 산업 사회에서 AI 중심의 디지털 세상으로의 변환이 두드러진 추세다.

대한민국도 마찬가지이다. 기계 공장 중심이었던 서울의

---

65) 리사이클링(recycling); 자원의 절약이나 환경오염을 방지하기 위하여 불용품(不用品)이나 폐물을 재생하여 이용하는 것. 순화어는 `재활용'[위키백과]

구로구나 경상북도의 구미시가 새로운 미래의 비전을 향한

IT 산업을 함께 육성하고 있다는 점은 주목할 만하다. 우리는 이러한 두 가지 측면에서 지속적인 관심을 갖고, 정부는 후원을 아끼지 말아야 한다.

물론 기계 중심의 문화가 사라져서는 안 된다. 기계 중심의 산업화도 결국 새로운 환경에 적응할 수 있는 환경공학적인 도약의 시간이 필요한 것이다.

전 세계적인 코로나 사태를 보며 느끼는 것은 우리나라의 코로나 치료 의사들이 탁월한 인재라는 사실이다. 쉽게 말하면 대학을 갈 때 의과대학이 가장 점수가 좋은 우수한 인재들이 모여들고, 그 결과 환경공학적인 코로나 치유법이 세계적으로 인정을 받은 것이다.

그래서 한국의 희망은 이러한 저명한 의료인재들을 육성하여 우리나라의 의학 발전은 물론이고 전세계인들이 한국으로 의료여행66)을 올 수 있도록 하는 것도 국가 미래에 중요한 요소이다.

---

66) 의료여행(=의료관광, 醫療觀光)은 개인이 자신의 거주지를 벗어나 다른 지방이나 외국으로 이동하여 현지의 의료기관이나 요양기관, 휴양기관 등을 통해 질병을 치료하거나 건강의 유지, 회복, 증진 등의 활동으로 본인의 건강상태에 따라 현지에서의 요양, 관광, 쇼핑, 문화체험 등의 활동을 겸하는 것이다. 이명박 정부는 대한민국의 차세대 신성장동력산업 중 하나로 고부가가치 창출 사업인 Global Healthcare산업(외국인환자유치사업)을 선정하였고, 2009년 5월 1일 개정 의료법의 시행으로 의료관광사업을 적극 지원하였다는 것을 의미한다. [위키백과]

의료 여행이란 자국에서 치료할 수 없는 환자들이 한국에 와서 천연 자연 속에서 힐링하고 또 의사들에게 치료를 받고, 보고 듣고 느낌으로서 자신의 몸과 마음을 회복하는 것이다. 이것은 보통 여행과 달리 치료에 대한 감동을 수반하므로 한국에게 무척 도움이 되는 분야다.

의료여행은 의사나 환자 모두 우선적으로 질병의 소멸을 목표로 노력하는 과정이다. 그러나 이 여행은 질병을 없애고 앞으로 남은 인생을 좀 더 인간적인 대우를 받으며 살 수 있는 치유 프로그램을 개발할 때 더욱 아름다운 꽃을 피울 것이다. 그러므로 우리는 이러한 가치 있는 투자에 지혜와 힘을 모으는 것이 현명하다.

우리는 일생 동안, 그리고 우리가 죽고 난 후의 후손들의 시대에도 평화가 물결치기를 소망한다. 평화는 돈이 많은 곳에만 있지 않다. 대자연이 우리의 고향이다. 물질 환경에서 천연 환경으로의 전환, 이것이 평화의 입지조건이다.

한국도 환경공학의 발전에 발맞추어 이 분야에서 세계적인 연구 성과를 내는 것은 물론이고 그러한 시스템을 마련하기 위한 정부의 재정적 뒷받침도 아주 중요하다고 볼 수 있다.

이러한 과정에서 결국 한국도 최초로 노벨 생리의학상 수상자를 배출할 수도 있을 것이다.

AI기술과 나노기술의 융합적 사고능력이 개인적이고 이익적인
방향보다는 국가적이고 공익적인 증진을 위하여 앞으로
모든 디지털 세상은 변화해야 할 것이다.

이 얼마나 가슴 벅찬 꿈인가?

미래 창조를 앞당기기 위한 그 과제로 AI기술과 나노기술[67]이 무척 활발하게 연구가 되고 있다. 그러나 이러한 AI기술과 나노기술의 융합적 사고능력이 개인적이고 이익적인 방향보다는 국가적이고 공익적인 증진을 위하여 앞으로 모든 디지털 세상은 변화해야 할 것.

세상의 모든 의학 기술은 첨단화 되어가고 있다. 최근 들어본 바로는 의사가 환자를 수술하는 것도 있지만 컴퓨터가 일정한 프로그램에 의하여 환자를 수술하는 단계에 이르렀다

---

67) 나노기술(Nano Technology; NT)은 10억분의 1미터인 나노미터 단위에 근접한 원자, 분자 및 초분자 정도의 작은 크기 단위에서 물질을 합성하고, 조립, 제어하며 혹은 그 성질을 측정, 규명하는 기술을 말한다. 나노 기술은 표면 과학(Surface Science), 유기 화학(Organic Chemistry), 분자 생물학(Molecular Biology), 반도체 물리학(Semiconductor Physics), 미세 제조(Microfabrication) 등의 다양한 과학 분야에 포함되어 이용되는 범위가 매우 넓다. 나노 기술은 의학, 전자 공학, 생체재료학 에너지 생산 및 소비자 제품처럼 광대한 적용 범위를 가진 새로운 물질과 기계를 만들 수 있지만 한편으로 많은 문제를 야기할 수도 있어 이러한 걱정은 나노기술의 특별한 규제가 정당화되는지 여부에 대한 권리 옹호 단체와 정부 간의 논의로 이어지고 있다. [위키백과]

고 한다. 이는 결국 무엇을 의미하는가?

우리의 미래는 인간과 컴퓨터 간의 공존, 공영이 매우 필요한 것이며 컴퓨터가 인공지능을 발휘하는 시기가 점점 빨라지고 있다는 것이다.

즉, 우리가 뜨거운 물을 가까이 대면 순간적으로 손을 움직이는 것처럼 컴퓨터도 이러한 지수화풍68)의 오감에 따라서 즉각즉각 움직이는 시대가 점점 다가오고 있는 것이다. 이처럼 인간과 컴퓨터는 불가분의 관계에서 한 몸으로 전환하고 있다.

미래 학문 분야의 세계 선도 분야는 결국 미국의 실리콘밸리처럼 어느 누가 어느 국가가 이러한 AI기술과 스마트기술 그리고 인체공학적인 컴퓨터 사용능력에 따라서 세계 선도의 방향은 바뀔 것이다. 한국인은 뛰어난 두뇌와 컴퓨터 분야에서의 자부심으로 가득차 있으므로 밝은 미래를 개척할 수 있다.

그러나 이러한 모든 방향이 사실은 평화 시대를 구축하기 위한 방법으로 사용되어야 한다. 첨단 과학 기술이 전쟁과

---

68) 지수화풍(地水火風); 물성은 홀로 일어나지 않고 무리지어서 일어난다. 이러한 각각의 무리들은 여러 가지 물성으로 이루어져 있다. '사대(四大, 마하-부따루빠,=地水火風)'라고 하는 네 종류의 큰 물성이 있다. 이것은 몸을 구성하는 물질이든 바깥에 있는 물질이든지 간에, 모든 물질이 일어날 때 함께 일어난다. 사대 이외의 물성은 이 네 가지에 의존하며 그것들 없이는 일어날 수 없다. [위키백과]

파괴를 목표로 한다면 이는 과학의 역기능에 우리 인간이 노예가 되는 수밖에 없다. 즉 과학의 미래는 평화의 미래다. 과학자들은 평화주의자다.

그러나 예외적으로 과학자가 무서운 핵을 발명하고 무서운 핵폭탄을 만들었다고 하자. 그는 인간 살상의 무기를 만들었다는 그 죄책감 때문에 자신을 드러내거나 대중 앞에 떳떳하게 설 수가 없다.

거꾸로 인간을 위해 불치병 치료약을 개발한 의학자나 과학자들, 또는 어느 환자가 불의의 사고로 발을 잃었을 경우 그 발을 컴퓨터 의수족으로, 신경세포를 연결하여 정상적인 생활을 가능케 하는 의사들은 과학의 힘으로 자존심을 세우고 이웃에게 행복을 선물한다.

전방을 순찰하던 병사가 지뢰를 밟고 그만 두 다리가 날아가 버렸다. 그러나 국가는 그 청년이 인생을 포기하지 않도록 그에게 첨단 컴퓨터 의수족을 달아주었다. 그리고 그 청년은 걷기도 하고 친구들과 놀이를 할 수 있는 단계까지 이르렀다.

물론 좋아하는 여자 친구와 데이트도 할 수 있을 것이다. 컴퓨터 의수족은 발을 대신하여 모든 것을 뇌파가 원하는 대로 하기 때문에 그들은 완벽한 생활을 하기에 이르렀던 것이다. 구두를 신고 바지를 입음으로써 거의 비장애인과 똑 같은 모습을 보여준다. 앞으로는 목발을 짚는 장애인이 없어질 수도 있다.

**우리가 살고 있는 자연환경은
곧 평화를 지키는 파수꾼이라 할 수 있다.**

환경 Environment이란 인간, 동물, 식물이 모든 것이 살아가는 데 필요한 생존환경 또는 생활환경과 같은 천연 환경의 모든 것을 말한다.

그리고 모든 동물은 깨끗한 환경에서 살기를 원하고 있다. 우리 생활을 둘러싼 모든 환경이 쾌적한 할때에 자유와 평화를 생각하는 사람들이 많이 나올 수밖에 없다.

산과 바다가 아름다운 환경을 조성했던 고대 그리스에서 아리스토텔레스, 플라톤을 비롯하여 뛰어난 철학자들이 기라성처럼 배출된 사실은 천혜의 자연환경이 우리에게 얼마나 중요한가를 웅변한다. 그리고 산과 들이 수려하고 공기가 맑은 유럽에서 위대한 예술가들이 경쟁적으로 자신들의 역량을 과시했다.

서울을 예로 든다면 북한산, 도봉산, 수락산, 불암산, 관악산, 인왕산 주위의 마을들이 쾌적한 삶이 유지되는 마을이라 할 수 있다.

조선의 왕과 사대부들은 이런 곳에서 살았다. 역대 대통령들은 이런 명산에 자신의 별장을 지으려 하고, 덕이 높은 스님들도 이러한 명산에 사찰을 세우고 싶어 했다.

서울은 산뿐 아니라 맑은 물로 가득 찬 한강으로 인해 더욱 빛난다. 물은 곧 생명이다. 맑은 강물에서 사는 고기는 매우 활발하고 자유롭다. 그러나 오염된 강물의 물고기는 병에 걸린 것 마냥 힘이 없고 곧 폐사될 것 같은 모습을 하고 있다.

우리가 살고 있는 자연환경은 곧 평화를 지키는 파수꾼이라 할 수 있다. 지금도 지구촌은 지구의 온도가 올라가고 남극과 북극의 얼음이 녹고 사막이 점점 넓어진다는 좋지 않은 자연환경에 봉착해 있다. 더구나 그 심각성은 증가하고 있다. 이 때문에 전 세계의 환경과학자들은 이 문제를 풀기 위해 머리를 맞대고 있다.

인간은 생존을 결정하는 물리적 화학적 생물학적인 요소가 결국 자연환경을 조금이라도 해치지 않았을까 하는 그러한 연구를 많이 하고 있다.

최근 우리가 사는 서울에서도 경유자동차나 오염배출차량

단속을 심하게 하면서 천연배출가스 차량으로 많이 변화하는 것을 볼 수 있다. 그 결과 서울의 공기가 더욱 더 청량감 있게 맑아졌다고 시민들이 얘기하고 있다.

면역이란 결국은 우리 인간과 인간의 에너지 흐름을 바르게 하고 인체의 영양분의 순환 과정을 올바르게 했을 때 유지된다.

우리는 쾌적한 환경을 위해서 세균 박멸 의학이나 면역 예방 의학에서 더욱 더 노력해야 한다. 눈에 보이지 않는 세균이 위험한 결과를 가져온다는 것을 이번 코로나 사태에서 확인할 수 있었다.

그러면서 면역 예방 측면에서 이러한 질병을 막기 위해 개인과 사회가 함께 노력해야 한다는 것을 알 수 있었다.

면역69)이란 결국은 우리 인간과 인간의 에너지 흐름을

---

69) 면역 체계에는 다음과 같은 많은 구성요소가 존재한다. 항체(면역글로불린)는 B세포라는 백혈구에 의해 생성되고 침입자의 항원에 단단히 결합하여 침입자를 공격 대상으로 표시하거나 중화하는 단백질이다. 인체는 수천 종의 서로 다른 항체를 생성하며 각 항체는 주어진 항원에 특이적이다. 항원은 면역 체계가 인식하여 면역 반응을 자극할 수 있게 하는 물질이다. B 세포(B 림프구)는 항체 생산을 자극했던 항원에 해당되는 항체를 생산하는 백혈구. 호염기구는 히스타민(알레르기 반응에 관련된 물질)을 분비하고 문제 부위로 다른 백혈구(호중구 및 호산구)를 유인하는 물질을 생산하는 백혈구.[위키백과]

바르게 하고 인체의 영양분의 순환 과정을 올바르게 했을 때 유지된다. 땅에 살고 있는 녹색 식물이 광합성을 통해서 태양에너지를 받음으로써 자신의 면역성을 기르며 생명활동을 한다. 마찬가지로 인간도 하루에 약 한 시간 이내 정도 태양에너지를 받아야 한다.

그 태양에너지에서 면역에 필요한 유기화합물70)이 생성되기 때문이다. 이러한 동물과 식물의 생태적 요소를 보더라도 토양, 물, 공기, 태양 이러한 천혜의 요소들이 면역 군대를 양성하는 중요한 평가 요소라는 것을 알 수 있을 것이다.

면역 예방 연구의 기초가 되는 것이 인공적인 면과 천연적인 면, 이 두 가지를 올바르게 이해하면서 그 두 가지가 상호작용하며 어떤 영향을 미치는가 파악하는 것이 가장 중요하다.

세상의 모든 생태 환경은 천연적인 자연환경과 인공적인 물리환경, 이 두 가지의 조화를 이룰 수밖에 없다. 우리는 과연 자연으로 돌아간다고 우리가 사는 도로나 공장, 차량들을 모두 없앨 수 있을까? 그것은 굉장히 어렵다.

---

70) 유기화합물(organic compound); 일산화탄소·이산화탄소 탄산염, 시안화수소와 그 염, 이황화탄소 등을 제외한 탄소화합물의 총칭. 간단히 유기물이라고 부르기도 한다.처음으로 유기화합물이라는 말이 사용한 것은 1806년 스웨덴의 J. J. 베르셀리우스이며 당시는 천연의 동식물계에서 생체성분·배출물·발효생성물 등으로 얻는 화합물이 광물계에서 얻는 무기화합물(무기물)과 본질적으로 달라 생물의 생명력에 의해 그 기관(器官 ; organ)에서 만들어진다고 생각되고 있었으므로 유기(organic)라는 이름이 붙여졌다

그래서 천연적 자연환경과 물리적 인공환경이 상호조화하며 직, 간접적인 평화의 릴렉션(relaxatlon)을 서로가 유지할 필요가 있다.

환경과 평화는 중요한 에너지로 서로 연결되어 있다. 환경이 자연중심적 순환과정이라면 평화는 인간중심적인 활동영역이라 볼 수 있다.

자연적인 요소와 인위적 요소의 절친한 상호순환만이 우리가 추구하려 하는 청정 환경과 영원한 평화를 오래도록 유지할 수 있는 것이다.

자연환경과 인간의 평화의 두 가지 근본적인 프로그램을 완성하는 것은 결국 면역력이다. 면역력은 나쁜 바이러스와 싸울 수 있는 힘을 길러 주는 에너지라고 볼 수 있다. 그 에너지를 만드는 것이 음식도 있겠고 운동, 그리고 자연 에너지가 있겠다.

흔히들 사람들은 면역력을 높이기 위해 잡곡을 먹고, 비타민을 먹고, 채소를 먹는다. 그리고 사람들은 비타민D 합성의 도움이 되므로 매일 햇볕을 쬔다.

그러나 우리가 아무리 좋은 면역제를 먹고 자기방어능력이 뛰어나다 해도 자신의 내부를 지배하는 평화유지군이 사라지고 나쁜 활동을 하는 악의 부대가 결국 면역력을 파괴할 수도 있다. 이 면역력이 평화유지에 사용되지 않는다면 엄청

난 결과를 초래할 수도 있다. 무엇보다도 중요한 것은 평화로운 마음이라 할 수 있다

인간은 평화를 유지하는 면역력을 기르기 위해서는 서로를 돕는 마음가짐, 그리고 서로 희생을 위로하고 회복하려는 그 의지와 같은 것을 평화를 일으키는 면역력의 가장 중요한 요소로 삼아야 한다. 평화를 유지하기 위해서는 날마다 평화로운 학습과 활동이 필요하다. 그렇다고 평화 학교를 다니라는 뜻은 아니다.

평화를 잃어버린 그 마음에서 아무리 깨끗한 환경을 만든다 해도 결코 그 마음은 행복할 수가 없다.

얼마 전 교도소에서 실험을 한 결과가 외신을 통해 보도되었다. 즉 교도소의 수감자들이 충분한 수면을 이루는 그룹과, 그렇지 않고 불면의 밤을 보낸 그룹과의 차이가 엄청나다는 것이다. 그것은 교도소 수감자들에게만 영향을 미치지 않고 사회로 확산된다.

충분한 수면을 취했던 수감자들은 자신의 형량을 채우고 이제 다시는 사고를 치지 않고 평화롭게 살아가겠다는 의지

가 강했던 반면, 불면을 취한 수감자들은 마음속에 보복심과 적내심이 가득 차 항상 마음에 불안과 초조를 가지고 자신에게 다가오는 평화마저 수용하지 못하였다.

그들은 형량을 마치고 사회에 나가서도 제2차 범행을 저지를 수 있는 무서운 집단이 되는 것이다.

이처럼 인간은 환경의 영향을 받고 산다. 결국 인간은 평화의 지배를 받아야 자신도 편하고 온 주위가 행복해지는 것이다. 평화를 잃어버린 그 마음에서 아무리 깨끗한 환경을 만든다 해도 결코 그 마음은 행복할 수가 없다. 왜냐하면 목표가 바뀌었기 때문이다.

우리는 환경을 쾌적하게 하는 방법은 결국 인간의 마음을 평화롭게 한다는 것에 동감하고 있다. 환경과 평화는 상호보완적이다.

우리는 환경을 살리기 위해 자신의 마음을 깨끗하고 평화롭게 유지하면서, 이 마음을 환경을 정화하고 인류의 행복을 증진하는 방향으로 확대하는 것이 바람직하다.

Green Peace를 본받자

환경은 이제, 점진적인 진보를 통해서 변화할 것이 아니라
과감한 혁명을 통해서 개혁을 해야 한다.

우리에게 잘 알려진 국제 환경 보호 단체인 그린피스(Gre
en Peace)[71]를 누구나 잘 알고 있을 것이다.

이들이 주장하는 핵을 없애는 탈핵운동, 현대인들에게 너
무나 많이 사용하는 플라스틱 제로운동, 해양 보호와 교육,
그리고 석탄 사용 줄이기 운동을 통해서 그린 피스는 꾸준하
게 환경운동을 벌이고 있다.

---

71) 그린피스는 1970년에 결성된 반핵 단체로 '해일을 일으키지 말라 위원회'를
모태로 하여 1971년 캐나다 밴쿠버 항구에 캐나다와 미국의 반전운동가, 사
회사업가, 대학생, 언론인 등 12명의 환경보호운동가들이 모여 결성한 국제
적인 환경보호 단체이다

결국 지구촌에 지속가능한 환경운동을 통해서 지구이 평화가 온다는 것을 스스로 깨닫기 시작하였다. 세계 주요 국가에서 프랑스 파리 기후 협정[72)에 따라서 2030년 온실가스 배출 목표치를 상향 조정하고 머지않아서 가까운 시일 내에 석탄 화력 발전소를 전면 폐지하는 계획을 갖고 있다.

지구촌 사람들의 경제사회활동에 따라서 우리는 그린피스를 통한 새로운 변화를 이끌어낼 수 있다. 가끔은 그 변화에 대한 두려움 때문에 반발적인 동요가 일어나지만 이는 새로운 시대에 환경 혁신을 막지는 못할 것이다.

환경은 이제, 점진적인 진보를 통해서 변화할 것이 아니라 과감한 혁명을 통해서 개혁을 해야 한다. 우리 한국에서도 몇 년 전 가습기 살균제로 인한 화학적 피해로 말미암아 일 천 여명이 사망하는 무서운 결과를 초래하였다. 이는 최

---

72) 파리 협정(파리協定, 영어: Paris Agreement,)은 2015년 유엔 기후 변화 회의에서 채택된 조약이다. 회의의 폐막일인 2015년 12월 12일 채택되었고, 2016년 11월 4일부터 포괄적으로 적용되는 국제법으로서 효력이 발효되었다. 회의 주최자 프랑스의 외무장관 로랑 파비우스는 "야심차고 균형잡힌" 이 계획은 지구 온난화에 있어서 "역사적 전환점"이라고 하였다.
파리기후협약(파리협정)의 내용은 다음과 같다.
(a) 지구 온난화로 인한 기온 상승을 산업화 이전[1] 대비 2 ℃ 아래로 막고 산업화 이전 대비 1.5 ℃ 이상 기온 상승을 제한하도록 노력을 추구하며 이는 기후 변화로 인한 위험과 영향을 중대한 정도로 줄인다는 것을 인식하는 것임.
(b) 기후 변화의 안 좋은 영향으로부터 적응할 수 있는 능력을 늘리고 식량 생산에 위협을 끼치지 않는다는 선에서, 기후 복원과 적은 온실가스 배출 개발을 돕는 것.
(c) 적은 온실가스 배출과 기후 복원 개발을 향하여 금융경제가 움직이도록 만드는 것.

근에 일어난 코로나19 사망자 200여명[73]보다 훨씬 더 많은 피해를 안겨준 무서운 역사적 현실이다. 이제는 환경에 대한 패러다임을 바꿀 때가 왔다.

그린피스라는 세계적인 환경 네트워크를 통해서 우리가 사는 이 땅의 환경을 쾌적하고 향기로운 세상으로 변화해 나갈 수 있다.

지금 국제적으로 코로나 사태로 말미암아 지구촌은 대 격변을 맞고 있다. 코로나의 팬데믹[74]으로 전염병이 유행하면서 우리는 한탄과 비극적인 생각을 하지만 상대적으로 이를 극복할 수 있는 깨달음을 얻기 시작하였다. 이는 우리가 익히 들어왔던 동물들의 쾌적한 양육환경에서 찾아볼 수가 있다.

예를 들어 박쥐를 날로 먹는다거나 야생동물을 무자비하게 포획하고 유통, 판매하는 과정 중에서 새로운 미증유의 세균이 발생하는 것을 보았다. 그리고 면역력이 떨어진 사람들이 세균에 의한 전염병을 이기지 못하고 무너져 갔다.

우리는 생명 사랑운동이나, 그 생명에 대한 경시 풍조를

---

73) 2021년 1월 19일기준 확진자: 11,142 명. 사망자 수: 263 명.
74) 팬데믹(Pandemic)의 어원은 그리스어 '판데모스(pandemos)'에서 따온 말이다. 모두(everyone)를 뜻하는 '판(pan)'과 인구(population)를 뜻하는 '데모스(demos)'가 합쳐진 말로, 풀이 하면 '새로운 질병이 전 세계적으로 유행하는 것'을 말한다. 거기에 비해 에피데믹(Epidemic)이란 '유행하고 있는, 만연된'이라는 뜻이고 에피데믹스(Epidemics)는 '전염병'의 뜻을 함유하고 있다. 출처 : 한국대학신문

없애고 생명의 마지막까지 서로가 친구처럼 대한다는 생각을 가짐으로써 앞으로 다가올 이름 모를 세균과의 전쟁에서 이길 수 있는 길 일 것이다.

1985년 프랑스가 남태평양에서 핵 실험을 한다는 소식이 뉴스를 통해서 알려지자 환경 보존을 위해 자기를 희생할 줄 아는 그린피스 회원들이 용기 있게 남태평양 핵실험 반대운동을 펼쳤다. 그 때 메시지는 지금 읽어보아도 정말 용기 있는 선언이라고 볼 수 있다.

"바다에서 핵 실험을 하면 수많은 바다 생물들이 죽음을 당합니다. 우리 그린피스 회원들은 레인보우 워리아 호를 타고 프랑스의 핵 실험이 이루어지는 남태평양으로 나갈 것입니다. 우리는 목숨을 걸고 지구 환경을 지킬 것입니다."

이 때, 그린피스는 큰 사건을 맞아야만 했다. 남태평양으로 가기 위해서 그들은 레인보우 배를 타기 위해 정박 항구로 가고 있었다. 그 때, 항구에서 엄청난 폭발음이 들렸다. 안타깝게 레인보우는 폭삭 가라앉아 버렸다. 아마도 추측해 보건대 프랑스 비밀정보에 의하면 남태평양 핵실험을 강행하기 위해서 레인보우 배를 폭발시키지 않았나.

결론을 유추할 수 있다. 이 일로 인해서 그린피스는 더욱

더 지구촌에 유명한 단체로 부각된다. 그린피스는 언론에 의해 목숨을 걸고 지구환경을 지키는 최고의 단체로 알려졌다. 그만큼 그린피스는 지금 널리 알려진 국제기구이다.

그린피스가 환경을 사수하는 국제기구로 활동하지만 때로는 바다고래 보호에도 앞장서고 있다. 그러한 캠페인 때문일까, 지구촌 어디에서도 고래를 잡으러 간다는 포경선을 찾아보기 힘들다.

고래는 지구상에서 가장 커다란 동물이다. 2,500만 년 전 인간보다 더 먼저 지구상에 출현한 동물이다. 지금 많은 학계에서도 고래가 육지의 공룡처럼 멸종 위기에 처하면 안 된다는 그러한 여론이 형성되어 있다.

하지만 지구에 공룡이 지금까지 남아있었다면 조물주는 인간이라는 생명을 어떻게 탄생시킬 수 있었을까. 공룡과 고래라는 대규모 동물을 통해서 우리는 새로운 생각과 캠페인을 벌여야 한다. 세계 각국에 흩어져 있는 공룡 박물관이 없었다면 우리는 공룡의 존재를 믿지 않았을 것이다.

만약 우리 인간이 바다에 고래를 남획한다면 우리는 고래의 존재를 고래 박물관에서나 만날 수 있는 비극을 맞이할 것이다.

네덜란드 암스테르담에 본부를 두고 있는 그린피스는 포
경반대를 분명히 하고 있다. 그린피스는 비폭력적인 행위를
주요수단으로 하는데, 예를 들어 포경선이 나타났을 때 포경
선이 작살총을 쏠 수 없도록 그 앞을 가로막는다던가 해양하
천 오염수 파이프들을 완전히 막아버리는 용기 있는 행동을
통해서 그린피스는 대단한 캠페인을 벌이고 있다.

　　이러한 노력들이 국제단체에서 평화의 도움이 되는 조치
들이라고 거의 모든 나라에서 그린피스의 활동을 크게 환영
하고 있다.

　　또한 그린피스는 방사능 핵폐기물 안전장치75)와 그 위험
성에 관해서 수많은 문제 제기를 하고 있다. 우리는 그린피
스의 모든 행동에 관해서 격려의 몸짓을 보내야 한다.

---

75) 원자력시설의 종사자와 시설주변 주민의 안전성 측면에서 장치계통으로부터
　　방사성물질을 공기 중으로 누출하거나 환경으로 배출하는 양에 대해서는 법적
　　규제를 따르는 것은 물론 가능한 한 그 양을 감소시켜야 한다. 공기 중 먼지와
　　결합한 방사성물질은 필터 등에 의한 여과방법을 이용하여 제거하며, 방사성
　　요오드와 불활성가스 등의 방사성 기체는 냉각에 의한 응축법 및 용매에 의한
　　흡착법을 이용하여 제거한다. [위키백과]

코로나의 파도

인간에게 유익균이 많으면 인간은 건강하고 장수할 수 있다.

인류 역사적으로 우리들이 사는 지구촌 인간은 인체의 유익균과 무익균 사이에서 공존해온 과정이었다. 인간에게 유익균이 많으면 인간은 건강하고 장수할 수 있다. 또한 유해균이 많다면 인간은 질병이 들고 수명 또한 짧을 수 밖에 없다.

최근 일어난 코로나라는 바이러스 세균은 인간에게는 아주 무서운 유해균이라 볼 수 있다. 이 균은 14세기 중세 유럽을 죽음으로 몰고 간 흑사병, 그리고 16세기 천연두로 인해서 수많은 생명을 파멸시켰고 19세기에는 인도의 콜레라로 인해서 많은 사람이 희생된 사실을 연상케 한다.

최근 역사를 돌이켜 보면 1918년에는 스페인 독감이 유행했고 1968년에는 홍콩 독감, 그리고 2009년에는 신종플루가 엄습했다. 2020년에는 마침내 코로나라는 신종 바이러스로 인해서 많은 사람이 생명을 잃고 있다.

유익균이 무엇인가부터 살펴보자. 과학자들은 인간이 가져야 할 면역 세포에 관해서도 많은 연구를 해왔다. 우리 몸속의 70%가 장 속의 면역세포로 존재한다.

최대 면역 기관의 창고라 할 수 있는 것은 인체의 장(腸)을 말한다. 흔히들 장을 우리 인체의 배설 통로로 알고 있지만 장이라는 창자를 통해서 우리는 배설을 하면서 각종 유해물질을 분비한다. 그 장 안에는 무려 1.5kg불량의 세균과 천조계의 세균이 살고 있다고 한다.

물론 이 세균에는 유익균과 유해균76)이 그 장안에서 매일매일 전쟁을 치르고 있다고 봐야 한다. 보통 성인의 장내 환경은 유익균과 유해균이 약 63%대 37%로 비율을 이루고 있다.

---

76) 유해균은 베이요넬라·대장균·클로스트리듐 등이며 그 외 중립균은 박테로이즈·유박테리움 등이 있다. 유해균이 평상시보다 늘어나면 건강에 문제가 생긴다. 유해균은 장에 암모니아·유화수소·과산화지질 등과 같은 독소와 노폐물을 쌓이게 해 성인병과 암 유발하고 , 노화가 촉진 된다. 유해균은 소장에 독소를 쌓이게 해 면역세포인 림프구의 면역기능이 떨어뜨린다. 푸소박테리움이라는 유해균이 많으면 대장암에 잘 걸리고 피르미쿠트·엔테로박터라는 유해균은 비만을 유발한다. [위키백과]

사람은 이렇게 유익균이 많아야만 건강을 유지할 수 있다. 만약 반대로 유해균이 37%를 넘는다면 다양한 질병을 일으킨다는 것은 두말할 여지가 없다.

유익균의 먹이를 프리바이오틱스라 한다. 프리바이오틱스는 주로 식이섬유와 프락토올리고당 속에서 생성되는데, 이러한 생성을 돕는 것은 우리가 먹는 야채나 과일, 또는 김치나 요구르트, 된장 등의 음식이다. 이런 음식이 우리 장 속의 유익균을 돕는다 할 수 있다.

우리가 길을 가다 보면 보통 신체이상으로 비만한 사람을 많이 볼 수 있는데, 그 사람들의 지방 안에서 비만을 유발하는 유해균이 증식했기 때문이라고 볼 수 있다. 바꿔 말하면 유해균의 번식을 억제시킨다는 뜻은 그 비만 세균을 없애는 효과를 내는 것이라 할 수 있다.

그렇다면 우리가 유해균은 어떻게 해서 생성되는지 안다면 쉽게 세균에 대한 방어능력을 키울 수 있다. 인간의 대표적 면역기관이라 불리는 장은 제2의 뇌라 불릴 만큼 대단히 예민하고 건강을 조절하는 생체창고라 할 수 있다.

그러면 그 장내 창고에서 나쁜 대장균이나 독성 물질을 키우는 유해균을 없앨 수만 있다면 인간이 저절로 세균에 방어하는 면역능력이 증가하는 것을 당연하다 볼 수 있다.

유해균이 많아지면 인간은 스트레스가 높아지고 소화불량

과 식도염과 같은 더부룩한 현상을 마주하게 된다. 이는 만성씨로 증후군이나 우울증으로 연결될 수 있다. 한마디로 몸 안에 있는 유해균은 어서 빨리 노폐물로 분비해야 하고, 유해균을 죽이는 방법을 알아야 되겠다.

유해균을 줄이는 방법이 뭐가 있을까 라는 질문을 사람들끼리 많이 한다. 우선 인체가 스스로 면역을 유지할 수 있도록 자연 음식을 즐기고 항생제를 줄이는 것이 굉장히 중요하다. 왜냐하면 항생제는 우리 장내 균형을 깨뜨릴 위험이 있으며 노약자들은 급히 면역력이 떨어지는 악순환이 올 수도 있기 때문이다.

두 번째 방법은 스트레스를 적게 받는 것이다. 스트레스는 일종의 사회적 자극, 인간과의 자극으로 인하여 생긴다. 그 스트레스를 없애는 방법은 가급적 업무에 충실하면서 과로를 하지 않는 방법이 있겠다.

또한 나쁜 인간관계를 빨리 벗어나기 위해서 명상이라던가 산책이라든가 마사지, 이러한 요법을 통해서 스트레스를 이기는 것도 하나의 방법이라고 하겠다.

세 번째로 유해균을 줄이는 방법 중 하나가 인스턴트 음식을 적게 섭취하는 것이다. 인스턴트 음식이나 육류는 장내 세균을 무너뜨리는 역할을 하면서 비만을 유발하기도 한다. 인스턴트 음식은 섭취하기 편리한 반면에 유해 세균에게 힘을 실어주는 역할을 한다.

중년 남성들의 배불뚝이 현상과 같은 것도 알고 보면 그들이 술과 고기를 먹고 면역력을 떨어뜨리기 때문에 이러한 현상이 나타났던 것이다. 배가 유난히 나온 사람들은 그만큼 유해 세균을 많이 저장하고 있다는 반증이다.

코로나라는 바이러스도 일종의 감기 증상과 같은 면역 불균형과 밀접한 관련이 있다.

요즘에 코로나라는 바이러스도 일종의 감기 증상과 같은 면역 불균형과 밀접한 관련이 있다. 감기라는 것도 알고 보면 유산균의 부족이라던가 또는 채식의 부족, 사람과 사람 간 전파로 증상이 나타난다. 이는 얼마든지 우리가 생활 습관을 고침으로써 줄일 수 있는 것이다.

예를 들면 음주나 흡연을 하는 사람들이 질병에 많이 걸린다는 것은 기정사실이다. 음주 대신에 전통 차를 마시면서 사교를 하고, 흡연 대신에 가벼운 과자를 먹으면서 이를 멀리할 수 있는 아이디어도 있다. 그러면 장내 세균의 균형을 찾아갈 수 있는 것이다.

우리는 지금까지 유익 세균과 유해 세균에 관해 알아봤다. 우리가 짧은 시간에 장내 환경을 변화시키려 하는 것 보다 꾸준한 식이습관 그리고 오랜 생활습관을 통해서 자신의 면역상태를 올바르게 유지할 수 있는 것을 알아야 한다.

평소 식습관에 따라 몸 안의 세균 숫자를 조절할 수 있는 인체 능력이 있다. 사람들이 느끼는 것 중 한 가지가 아침에 일어난 후 물 한잔을 마심으로 인해서 간밤에 소비된 수분을 보충하고 장 건강을 위한 변비 예방에 도움이 된다고 말한다. 그만큼 깨끗한 물 한잔은 사실 인체의 피를 만드는 보약 같은 존재이다.

그리고 또 한 가지 생활습관은 퇴근 후 밤 9시 이후에는 가급적 음식을 먹지 않는 것이다. 9시가 넘으면 우리 인체는 휴식 모드와 수면 모드로 전환되어 있기 때문이다.

그런데 부득이하게 9시가 넘어 금식 규정을 깨는 사람들은 장 속 세균이 늘어나 양치질을 하다 보면 입냄새가 많이 나는 것을 느낄 수 있다. 이는 장내 면역 환경의 불균형이 왔기 때문이다.

우리는 평소에 식단에서 몸에 좋은 음식을 찾기 전에 피해야 할 해로운 음식에 대해 아는 것이 더 중요하며, 이들 음식들을 가급적 가려서 먹는 생활습관을 기르는 것이 좋은 음식을 먹는 것보다 더 중요하다고 볼 수 있을 것이다.

장내환경을 나쁘게 만들고 장을 부패시키는 주요한 원인

WHO에서는 조심해야 할 음식을 총 10가지로 분류하고 음식의 유해성에 대해 설명을 덧붙여 발표했는데 이들 식품들에는 대부분 사람들이 평소 자주 먹는 튀김류, 가공육, 탄산음료, 통조림 등의 음식이 모두 포함되었다.

위에서 제시한 각종 불량식품들은 우리의 장을 부패시키는 원인으로 작용하여 장내환경을 아주 나쁘게 만든다는 점이다. 우리의 장내환경을 나쁘게 만들고 장을 부패시키는 주요한 원인을 살펴보면 다음과 같다.

1, 담배; 담배는 백해무익(百害無益)한 대표적 독물(毒物)이며 폐암을 비롯하여 각종 암과 성인병의 원인이며 장의 부패에도 담배는 커다란 영향을 미친다.

2, 흰 설탕; 건강에 해로운 흰 설탕 역시 담배나 다름없는 독물로 각종 성인병, 아토피 등을 유발하는 원인의 하나이다.

3, 악성 유지(惡性油脂); 산화된 기름, 트랜스형(型) 지방산, 리놀산 등은 무서운 해독을 끼친다. 리놀산은 필수 지방

산이지만 α-리놀렌산(酸) 유지와 1:1의 비율로 섭취해야
한다. 그런데, 현대인 대부분은 리놀산 20에 α-리놀렌산
(酸)은 1 정도로밖에 섭취하지 않고 있으며 그 결과, 현
대인은 각종 난치병에 시달린다.

4, 동물성 지방; 고기, 생선, 달걀에는 당연히 영양은 있지
만, 혈액을 오염시키는 성분으로 가득하다. 거기에는 식
이섬유가 전혀 없을 뿐 아니라, 비타민, 미네랄 역시 편
중되어 있다. 고(高)단백질이 질소잔류물을 생성함으로써
장내 부패의 큰 원인을 제공한다.

더구나, 지방이 포화(飽和)되어 있으므로 동맥경화의 큰
원인으로 작용한다. 생선의 지방은 불포화(不飽和)이지
만, 산화(酸化)하기 쉬운 결점이 있다.

5, 가공식품; 많은 가공식품에는 식이섬유가 전혀 없거나, 있
다 해도 극소량이다. 그러므로 이것들은 장내에 숙변을
저장케 함으로써 부패의 원인으로 작용한다. 또한, 이것
들에 포함된 첨가물은 독소로서 작용한다.

6, 알코올; 다량의 알코올 섭취는 장에 아주 좋지 않을 뿐
아니라 뇌세포를 파괴시켜 치매 등을 유발하고 건강에도
매우 큰 위협이 되므로 술의 과음은 반드시 삼가야 한다.

7, 커피; 소량의 커피는 심장질환예방 등에 도움을 준다고
알려져 있으나 많이 마실 경우 커피 역시 장에 해롭기는
마찬가지이다. 이것들은 위(胃)의 분비작용과 신경반응을

혼란시키고, 소화 배설 기능에 이상(異常)을 초래한다.

8, 가열 조리식(食) 위주의 식사; 가열한 야채만 섭취하고 생것을 먹지 않는다면 아무 효과가 없다. 효소가 외부에서 공급되지 않으므로 체내 효소가 엄청나게 소비됨으로써 조만간에 무서운 질병이 생길 가능성이 짙다. "단명(短命)의 최대 원인은 가열식(加熱食)에 있다."라고 해도 지나친 말이 아니다.

9, 항생물질 ; 경우에 따라서 항생물질은 '악균(惡菌)'만이 아니라 '선균(善菌)'까지도 전멸시킨다. 다량의 항생물질을 장기간에 걸쳐서 상용(常用)한다면 '선균'은 거의 전멸하고, 내성(耐性)을 지닌 '악균'이 득세하게 된다.

또한, 진균(眞菌: 곰팡이)의 창궐로 온몸은 곰팡이 소굴로 변해 장내환경이 매우 나쁘게 된다. 이렇게 되면 당연히 병원(病原) 바이러스의 침입이 있는데, 이로 인해서 면역력이 뚝 떨어짐으로써 '암' 등의 각종 난치병에 걸릴 위험도가 높아진다.

악에 대항하는 선의 역사는 인류의 지혜로 끊임없이 풍성해지고 있다.

인류는 역사 이래로 팬데믹 현상을 수도 없이 많이 거쳐왔나. 팬데믹이란 전염병의 최고 위험 단계를 말한다. 전염병이 발생해 세계적으로 대유행하며 많은 사람들이 희생되고 거기에 따른 신종 인플루엔자 방어를 하지 못했을 때 세계보건기구는 팬데믹을 선언한다.

팬데믹을 쉽게 설명하자면 감염병의 세계 유행이라고도 말할 수 있다. 팬데믹의 이전 단계를 우리는 에피데믹(epidemic)이라고 한다. 이것은 감염병의 유행이라는 말로 표현할 수 있다.

이러한 감염병의 원인이 고도의 현미경의 발달로 인플루엔자 바이러스라는 것을 밝히면서 또한 의학기술의 발달로 백신 치료제를 만드는 큰 계기를 마련했다고 볼 수 있다.

지금 일어난 코로나 사태도 아마도 노벨 의학상에 미칠만큼 실력 있는 의사들에 의해 치료 백신이 만들어 질 것이라는 희망을 갖게 된다. 백신이 만들어지면 코로나는 맥을 못 춘다. 악에 대항하는 선의 역사는 인류의 지혜로 끊임없이 풍성해지고 있다.

지금까지는 인체와 인체 간의 비말에 의한 전파를 차단하는 마스크 치료밖에는 특별한 방법이 없었다. 그만큼 코로나라는 바이러스가 현재 지구촌에서 민감한 확산을 보이면서 많은 희생자를 내는 것이 안타깝다.

보건학자들이 사회적 거리두기, 마스크 쓰기를 외치고 있지만 일부 국가에서는 마스크를 쓰지 않는 경향이 있다. 왜냐하면 마스크로 인한 답답함을 느끼고, 범죄 유형으로 비칠까 마스크를 쓰지 않고 스스로 방역을 지키지 않는 경향이 있다.

그러나 이제 확진자를 통해서 깨달은 것이 있다. 그것은 개인과 개인이 매우 중요한 생활 방역이 필요하다는 것을 스스로 깨달은 것이다. 즉, 확진 판결을 받은 사람은 격리되는 것이 맞으며 위험도가 낮은 환자라도 마스크를 쓰면서 대중 속으로 들어가지 않는 것이 중요하다고 볼 수 있다.

앞으로도 어떠한 감염병이 우리 인간 세계를 엄습할 지도 모른다. 흔히들 감염병은 보이지 않는 전쟁이라고도 한다. 우리가 전쟁을 할 때는 일정한 규칙에 의해서 전쟁을 승리로 이끌려고 노력한다.

예를 들면 상대방의 전선을 무너뜨리기 위해서는 먼저 미사일 공격을 하여 혼란을 준 다음에 보병 부대를 침투시켜 그 지역을 장악하는 방법이 있듯 먼저 감염병이 시작된다면 우리는 감염병을 총괄할 수 있는 컨트롤 타워에서 상황을 보고받고 또 해결책을 기획하고 또 의료인력을 적절하게 배치하는 것이 굉장히 중요하다고 볼 수 있다.

이러한 몇 단계의 조치를 취해서 우리는 초기 대응이 얼

마나 중요한가를 느꼈던 것이다. 코로나의 2차 대유행 파도
는 아마도 그리 쉽게 없어지지는 않을 것 같다. 지금까지 1
차 코로나 사태는 의료계와 국가기관에서 많은 협조로 잘 견
뎌냈지만, 2차 코로나 팬데믹 상황에 바이러스가 더욱 더 강
해진다면 우리가 살고 있는 지역이 더욱 힘들어질 것만 같
다.

　　전염병에는 6단계가 있다. 첫 번째는 동물과 동물 간의
전염단계이며, 2단계는 야생동물의 세균이 소수의 사람에게
옮길 가능성이 있는 상태를 말하며, 3단계는 이미 사람에게
전염되어 소규모 집단 감염을 일으킨 상태를 말한다.

　　그런데 마지막 4단계는 사람간의 전염이 시작되어 이 때
는 위험이 현저히 높아진 상태를 말한다.

　　사람들은 전염병의 4단계가 되면 여행 자제와 전염병 확
산 방지에 관한 조치를 반드시 받아야 한다. 5단계는 해당
전염병이 두 개 이상의 국가에서 동시 발생한 상태를 말하
고, 6단계는 두 개 이상의 국가를 넘어 다른 권역에서 전염
병이 발생한 상태로 이를 팬데믹(pandemic, 세계적 대유행)
이라 한다.

　　그리스어로 '팬'은 '모두'를, '데믹'은 '사람'을 뜻한다. 모
든 사람이 전염된다는 뜻을 지니고 있다. 팬데믹은 유행병에

걸린 환자의 수보다는 유행병이 어느 정도 세계에 전파됐는지에 초점을 둔다. 한 지역에서만 떠돌며 매년 수십만 명을 사망케 하는 질병의 경우에도 이를 팬데믹으로 판단하지 않는다.

WHO 거브러여수스 총장은 "팬데믹 선언은 단순히 공중보건의 위기가 아니라 모든 분야에 영향을 미치는 위기라는 의미"라며 "모든 부문과 개인이 싸움에 참여해야 한다"고 강조했다. 만일에 6단계에 이르면 광범위한 지역에서 사망자가 발생하며, 이때는 국제 비상사태까지 이르게 된다.

질병을 낫게 하는 것은 자연이다 - 의성(醫聖) 히포크라테스

우리는 코로나의 2차 팬데믹에 대비하기 위해 무엇을 할 것인가? 첫째는 보건기구에서 말하는 일정한 규칙과 그에 따른 처방을 실천하는 것이 누구에게나 필요하다고 볼 수 있다.

결국 질병을 이기는 것은 자기 자신이라고 봐야 할 것이다. 인간의 신체는 자체의 치유능력을 가지고 있다. "병을 낫게 하는 것은 자연" 이라는 그리스의 의성(醫聖) 히포크라테스의 말처럼 모든 질병들이 의사의 치료만으로 낫는 것이 아니라 자연과 자신의 자연치유능력의 회복으로 낫는다.

자연치유는 신체가 스스로를 낫게 한다는 뜻이다. 우리 몸에는 세포의 DNA 단계에서 시작해 생물학적 조직의 모든 단계에 자가진단, 자기회복, 재생의 메커니즘이 존재하고, 필요한 경우 언제든지 작동할 준비가 돼 있다.

자연치유에 대해서 일반적으로 다음과 같이 설명하게 되는데, 한자(漢字)의 "療"자는 "병고칠 료"로 그 참뜻은 "의치지병(醫治止病)"으로써 의사의 다스림으로 병을 고친다는 뜻이다.77) 하지만 자연치유는 의사에 의한 치료가 아니라고 보고 자연의 힘을 빌려 스스로 낫는다는 자연치유를 이르며 이를 과학적으로 연구하는 학문적 체계가 자연치유학이다.

인간을 포함한 모든 생물이 주위 환경의 적응능력, 질병, 몸의 이상 등이 생겼을 때 항상성「Homeostasis」을 유지하려는 기능에 의해 적응력, 상처의 치료, 질병 등이 회복되고 재생되는 힘을 가진다.

자연치유력은 인간이 건강을 유지하려고 하는 기능으로

---

77) *중국 고전에서 나타난 관련 내용에 대한 고찰 ; 중국 古典의 周禮에도 "凡療傷以 五毒攻之"라 하여 상처를 五毒으로 다스려 고친다. 즉, 스스로 낫는 것이 아니고, 바깥에서 치료하여 고친다는 것을 의미한다.
그래서 시장기가 가시도록 조금 먹는 것을 "療飢", 목마름을 면하기 위해 조금 마시는 것을 "療渴"이라고 한다. 그런데,"瘳"자는 "병나을 유"로 漢書에 "漢王疾瘳"라고 표현하여 漢王의 질병이 스스로 나았음을 말하고 있다. 이는 한왕의 병이 스스로 고쳐졌다는 말이다. [위키백과]

누구나 선천적으로 가지고 있는 것이다.

질병은 자연치유력이 정상적으로 활동하지 못하면 발생하며, 이는 또한 자연치유의 과정이기도 하다. 인간이 아직 「생명의 설계도」는 완벽하게 밝혀내지 못하고 있으나, 자연치유력은 모든 치유 메커니즘을 이해한 다음 치료에 전념하고 있다.

인간은 체내에「모두를 알고 있는 전임의 의사」와 가장 신뢰할 수 있는「체내 종합병원」을 가지고 있다고 할 수 있다. 우리들이 질병에 걸리면 병원에 가서「치료」를 받지만, 이 치료는「치유」에 대한 유익한 원조(援助, support)가 된다. 치료 = 치유라고 이해하고 있지만 그렇지 않다는 것이다. 예를 들어 골절을 입었을 때의 치료와 뼈가 붙는 일과는 직접 관계없는 것으로부터도 이해할 수 있을 것이다.

우리는 내면의 의사인 자연치유력을 믿고 보건기구에서 말하는 일정한 규칙과 처방에 따르는 실천을 한다면. 코로나로부터 자유롭게 신체적인 평화를 얻을 수 있을 것이다.

문명의 발전에 평화가 함께 한다

**문명과 문화를 이어주는 다리가
바로 평화라는 다리라는 것이다**

우리가 살아가는 지구는 인간들이 만들어 놓은 발전 문명이라는 그늘에 일부는 부자가 되어 환호성을 치는가 하면 일부는 더욱더 신음을 더 해가고 있다. 문명이라는 개념은 일차원, 이차원, 삼차원 적인 산업의 여러 가지 모델을 바탕으로 새로운 세계를 만들고 유지하는 것을 말한다.

그와 유사한 문화라는 개념은 우리의 피부에 와 닿는 정서적 발전과 공동체적인 생각을 모으는 일종의 오케스트라와 같은 것이다.

『문명(Civilization)』

먼저 문명이라는 개념을 이해할 필요가 있다. 문명이라는 개념은 현대문명을 구성하는 데 엄청난 역할을 한다고 할 수 있다. 미개사회와 다른 것이 있다면 현대 사회를 문명의 사회, 문화의 시대라고 말한다. 여기서 중요한 것이 발견되는데 이러한 문명과 문화를 이어주는 다리가 바로 평화라는 다리라는 것이다.

우리가 잘 아는 플라톤78)이나 아리스토텔레스79)는 문명이전의 상태를 무질서 상태, 또는 미개사회라는 개념으로 정의를 내렸다. 인류 문명의 발상지가 대체로 강이라는 대 운하를 끼고 발전되는데 이집트 나일강이나 인더스강, 중국의 황하강 주변에서 인류의 문명이 싹트지 않았나 추측해 본다.

여기서 다시 신대륙과 구대륙이라는 용어가 나오는데 지금 현대도 도시건설을 하면서 신도시와 구도시로 구분하는 것을 알 수 있을 것이다. 인도에 가면 뉴델리와 올드델리로 나뉘는데 뉴델리는 신도시라 칭하고 올드델리는 구도시라고 얘기한다.

---

78) 플라톤(고대 그리스어: Πλάτων, 영어: Plato,)은 다양한 서양 학문에 영향력 있는 그리스의 철학자이자 사상가다. 그는 소크라테스의 제자였으며, 아리스토텔레스의 스승이었고, 현대 대학의 원형이라고 할 수 있는 세계 최초의 고등 교육 기관인 '아카데메이아'를 아테네에 세웠다. 플라톤은 아카데메이아에서 폭넓은 주제를 강의하였으며, 특히 정치학, 윤리학, 형이상학, 인식론 등 많은 철학적 논점에 관해 저술하였다. 플라톤 저술 가운데 가장 중요한 것이 그의 《대화편》이다. [위키백과]

79) 아리스토텔레스(고대 그리스어: Ἀριστοτέλης 영어: Aristotle)는 고대 그리스의 철학자로, 플라톤의 제자이며, 알렉산더 대왕의 스승이다. 물리학, 형이상학, 시, 생물학, 동물학, 논리학, 수사학, 정치, 윤리학, 도덕 등 다양한 주제로 책을 저술하였다. 소크라테스, 플라톤과 함께 고대 그리스의 가장 영향력 있는 학자였으며, 그리스 철학이 현재의 서양 철학의 근본을 이루는 데에 이바지하였다. 아리스토텔레스의 글은 도덕과 미학, 논리와 과학, 정치와 형이상학을 포함하는 서양 철학의 포괄적인 체계를 처음으로 창조하였다. [위키백과]

그만큼 문명의 발전은 옛날을 뛰어넘고 미래의 현대를 만드는 새로운 발전소와 같은 것이다. 이러한 고대문명에서 근세 문명으로 넘어오기까지 인류는 너무나 많은 전쟁을 해야만 했다. 평화가 안식과 행복을 주리라는 그러한 환상도 그러한 교육도 받기 전에 강한 자가 약한 자를 물리치는 전쟁의 상황에 내몰리게 된다.

고대문명이 발달 되면서 도시가 형성되고 빈부의 차가 벌어지면서 소규모 전쟁이 끊임없이 일어났다. 인간의 본성이 선함과 악함 사이에서 자칫 악의 무리가 선한 집단을 이기는 것 같았다.

문명의 발전에 있어서 도시건설은 필수적인 것이지만 여기에 평화의 비둘기가 날지 않는다면 그 도시는 폐허나 다름없다.

그러나 세월이 흐르고 그 악한 기운이 끝이 났을 때 선덕의 시대는 마침내 오고야 말고…. 세월이 흘러서 현대 사회의 특징을 평화의 시대라고 말하고 싶다.

전쟁을 일으키거나 조종하는 그 세력은 앞으로는 지구촌

의 문제아가 되어 그 어디에도 발을 붙일 수 없게 된다. 문명의 발전에 있어서 도시건설은 필수적인 것이지만 여기에 평화의 비둘기가 날지 않는다면 그 도시는 폐허나 다름없다.

아무리 인터넷 혁명, 도시 혁명이라고 부르짖고 있지만 우리 인간이 창출하고 싶은 근본적인 희망은 평화로운 도시를 만드는 일이다. 도시의 중심에 평화의 비둘기가 날지 않고 무서운 독수리가 날아다닌다면 어떻게 할 것인가.

독수리는 맹금류[80]로서 평화를 만끽하는 연약한 새들을 무자비하게 부리와 발톱으로 평화를 쫓아 버린다. 그래서 문명의 발달과 평화로운 사회 형성은 아주 밀접한 관계에 있다는 것을 인식해야 할 필요가 있다.

예를 들면 문명을 일순간에 파괴하는 핵폭탄이나 살상무기를 직접 만져보지는 않았지만 우리는 여러 뉴스를 통해서 이것들이 얼마나 심각하고 무서운 무기라는 것임을 알고 있을 것이다.

그만큼 인간이 문명을 올바른 것으로 인도하지 않으면 얼마나 많은 사람들이 죽음의 공포에서 떨어야 할까.

---

80) 맹금류(猛禽類)는 날카로운 부리와 발톱을 갖고있는 육식성 새들을 뜻한다. 맹금류는 조류의 먹이사슬 중에서 최강자로 군림한다. 독수리와 매, 부엉이, 올빼미 등이 속한다. 한국에서는 맹금류를 애완용으로 기르는 것을 법으로 금지하고 있다. [위키백과]

문명이란, 무한히 진보한다. 그 문명의 날개에는 분명,
평화와 자유라는 두 날개가 힘차게 펄럭였을 때 인간은 드디어
유토피아라는 문명의 오아시스를 만날 수 있을 것이다.

문명이라는 도시 생활은 개인의 신체적, 정신적 건강에
적당한 요소를 갖춰야 한다. 그 요소의 중심에 평화의 프로
그램이 존재해야만 우리 인간이 진정으로 찾고자 하는 유토
피아를 현대 도시에서 발전시킬 수 있을 것이다.

많은 사람들이 도시가 첨단 문명화될수록 자살률이 높아
지고 평화의 새들이 살 수 없을 정도로 심각해 질것이라고
걱정을 많이 한다. 평화는 가끔씩 필수적으로 가야 하는 공
중화장실과 같은 의미라고 역설적으로 말을 한다.

이러한 대도시에 인간이 노페물을 배출할 수 없을 정도로
삭막한 도시 환경을 생각해보자. 모든 빌딩과 모든 집들이
이기적으로 화장실 사용을 못하게 한다고 가정해보자, 대부
분의 사람들은 도덕적으로 변절하게 된다.

무질서하게 거리에 노페물이 쌓이면서 결국은 화장실 문
을 잠궜던 그 사람들을 포함해서 모든 사람들이 악취와 세균
과 바이러스를 만나게 될지도 모른다.

앞에서도 말한 바와 같이 문명의 발전으로 모든 것이 과학과 기계의 산업혁명이 이루어졌다고 하지만 이러한 평화적인 생존을 위한 요소 요소를 만들어 놔야만 현대 문명은 성공했다고 볼 수 있을 것이다.

문명이란, 무한히 진보한다. 그 문명의 날개에는 분명, 평화와 자유라는 두 날개가 힘차게 펄럭였을 때 인간은 드디어 유토피아라는 문명의 오아시스를 만날 수 있을 것이다.

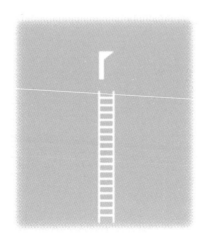

영 원 한 평 화

Eternal Peace

발행일 : 2021년 1월 27일
인쇄일 : 2021년 1월 20일

저자 : 홍사광
출판기획: 사)한국사회문화연구원
주 소 : 서울 관악구 시흥대로 528(대영BD)
        TEL : 02)866-4052 FAX : 02)866-4053
발행인 : 채말녀
편집인 : 김경미
표지디자인 : 김수경
출판사 : 아트하우스출판사
주 소 : 서울 성북구 보문로34 다길 56 (동선동3가)
본 사 : TEL: 02)921-7836 FAX: 02)928-7836

정 가 : 15,000원

ISBN: 979-11-6208-049-8 (03810)
copyright@2020 ARTHOUSE publishing Co.